致

Lisa Kränzler erschafft nach einem Gemälde von 1410/1420 ein Kunstmärchen. Dieses widmet sich einem »nicht näher bestimmbaren Insekt« im Paradiesgärtlein. Kränzler macht aus ihm Mariens firmamentblauen Käfer, den Marienkäfer, und fabuliert, wie er zu seinem roten Kleid mit schwarzen Punkten kam. Wir lernen einen fleißigen Krabbler kennen, der sich um die Blumen kümmert. Rosenduft und die Liebe der Jungfrau Maria: Mehr scheint er nicht zu verlangen. Insgeheim jedoch plagen ihn Zweifel, und seine Sehnsucht nach »Anderswie und Anderswo« treibt ihn eines Tages hinaus aus dem Paradies und in die Arme eines gerissenen Spitzbuben.

Wie der Maler des Gemäldes, der die Darstellung eines geschlossenen Lustgartens im Weichen Stil mit realistischer Naturbeobachtung verbindet, verknüpft Lisa Kränzler ihre Abenteuergeschichte mit Fakten, Analysen und präziser Selbstbeobachtung. Und so wird das Kunstmärchen Wirklichkeit.

Lisa Kränzler ist bildende Künstlerin und Autorin. Ihr Debütroman »Export A« erschien 2012. Für einen Auszug aus ihrem Roman »Nachhinein« erhielt sie den 3sat-Preis beim Bachmann-Wettbewerb in Klagenfurt 2012. Dieser Roman stand 2013 auch auf der Shortlist des Leipziger Buchpreises. Es folgten der Roman »Lichtfang« (2014), der Kunstkatalog »Kränzler, Lisa«, das »Manifest zur Riesenschreibmaschine« sowie der Roman »Coming of Karlo« (2019) und »Noon« (2022). Lisa Kränzler lebt in Dresden.

Lisa Kränzler

Mariens Käfer

VERBRECHER VERLAG

Erste Auflage
Verbrecher Verlag Berlin 2024
www.verbrecherei.de

© Verbrecher Verlag GmbH 2024

Cover- und Vorsatzbild: »Das Paradiesgärtlein«
des Oberrheinischen Meisters um 1410/20.
Städel Museum. Digitale Sammlung: https://sammlung.staedelmuseum.de/de/werk/das-paradiesgaertlein
Satz: Christian Walter
Druck und Bindung: Finidr, s.r.o., Cesky Tesin

ISBN 978-3-95732-594-5

Printed in Czech Republic

Der Verlag dankt Annalisa Strien.

*Wir dürften den Mythos geringschätzen, wenn wir
das Bessere und Wahrere, das wir suchen und gegen das
wir ihn aufzugeben bereit wären, auch finden könnten.*

Sokrates qua Hans Blumenberg

*Die Oberfläche ist (...) ein Abbild des Zentrums
und gleichsam ein Schimmer von ihm und ein
Weg zu ihm.*

Johannes Kepler

MARIENS KÄFER

Es gab eine Zeit, da lebte droben im Paradiesgärtlein ein ▷Käfer*, der hatte die Farbe des Himmels und war so rund, wie es Mariens Leib gewesen, als sie den Erlöser unter dem Herzen trug.

Indes, ein schmucker Panzer ist nicht köstlich vor Gott, und auch das hübscheste Kerflein hat sein Scherflein beizutragen! Dem firmamentblauen Kleinen oblag die Pflege der Blumen, welche zum Ergetzen der Seligen im Gärtlein wuchsen: Von Laudes bis Vesper krabbelte er stengelauf, stengelab, öffnete Knospen und zupfte die zarten Blütenblätter zurecht. Fernerhin versah er Lilien und Rosen mit funkelnden Tautropfen, raffte Schlüsselblumen zu Bünden und bog den Kopf der Akelei, auf dass sie demütig zu Boden blicke und auf jene immergrünen Stauden schaue, die Sternblüten und Früchte zugleich darbieten und solchermaßen vom Allvermögen des Schöpfers zeugen.

---

* Die Pfeile im Text verweisen auf das Glossar »Sidetracks and Additives« im zweiten Teil des Buches.

»Weiß, weiß, weiß wie alles Salz der Erde, rot, rot, rot wie Jesu Herzensblut, hegst du die Beerlein, ergeht es dir gut!«, rezitierte der Käfer, wenn er die Schmackhaften mit seinen Fühlern polierte. War dies getan, flog er zur Gartenpforte und harrte dort der Gottesmutter. Erschien sie, ließ er die Maiglöckchen klingen, hell und fein; blieb sie aus, brachte er eine tiefer und voller tönende Märzglocke in Schwung.

So ging es viele Jahre: Der Käfer tat seinen Dienst, lebte vom ▷Duft der Blumen und der Liebe Mariens und schien's zufrieden. Insgeheim jedoch haderte er mit seinem ▷Schicksal und unter seiner blendenden Schale verbarg sich ein Herz, das auf den Hader horchte und darob täglich unglücklicher ward.

Wehe dem Herzen, das sich ans ▷Hirn verliert, die Huld der Sinne verschmäht und seine Kammern mit Gedanken füllt, die schwer und schlangenhaft, frech und flink, räß und rastlos sind: Wo solch Gezücht nistet, ist der Frohmut bald aufgezehrt!

Indes, was soll einer tun, dessen Leibeskern große Ohren macht? Sie ausreißen wie ein sündig Auge? Den möcht' ich sehen, dem das gelingt!

Der Käfer jedenfalls wusste mit den übrigen ▷Tieren des Gärtleins, welche das Denken längst aufgegeben hatten und keinen Laut von sich gaben, der nicht den Herrgott pries, alsbald nichts mehr zu reden: Sie verstanden nicht, wie er in Ideen schwelgen und sich nach der Ferne sehnen konnte, denn in sich selbst fanden sie keine Sehnsucht nach Anderswie oder Anderswo und seine ▷Neugier auf die Menschen, jene armen Sünder, die ihr Lebtag lang Schweiß, Blut und Tränen vergießen müssen, war ihnen ein ▷Rätsel.

»Höre, Käfer! Dir mangelt es an Tugend! Du tätest gut daran, dich in Bescheidenheit zu üben und dem Herrn für das zu ▷danken, was er dir gegeben hat!«, sprachen sie und das ▷Einhorn riet ihm, Rosenkranz und Vaterunser zu beten, wann immer er ins Grübeln käme.

Wohlwissend, dass weder Rosenkranz noch Vaterunser sein Denken und Fühlen bezähmen würden, die Macht der Sehnsucht größer ist als die Kraft des Gebets, zog sich der Käfer in den Kelch einer Lilie zurück: Dort, in jenem Kämmerlein aus Petalen, das so voll Duft war wie er voll Trauer, versank er in ▷einsamen Träumen.

Eines milden Morgens, da der Käfer eine jener hochgewachsenen Lilien, die vor der Gartenmauer stehen wie preziöse Wächterinnen, erklettert hatte und missmutig ein funkelndes Tautröpflein platzierte, gewahrte er eine Lücke im Mauerwerk. O Glück über Glück!, jubelte sein Herz, dessen Schläge so heftig gegen sein gepanzertes Abdomen prasselten, dass man hätte meinen können, in ihm ginge ein Hagelsturm hernieder. Über dem Geprassel aber herrschte sonnige Klarheit, stand die Gewissheit, dass dies die lang erwartete Chance war, im Zenit.

»Jetzt oder nie!«, sagte er sich, spreizte die Flügel, flog durch den Spalt und entkam so der Enge des Gärtleins, in welchem das Tautröpflein vom Blatt der Lilie perlte und auf der Spitze eines Grashalms zerplatzte.

Der erste Mensch, dem der Käfer auf Erden begegnen sollte, war ein verlauster Tunichtgut namens ▷Luzius. Dieser besaß nichts als die paar Lumpen, die er am Leib trug, und wiewohl er noch keine sechzehn Sommer gesehen hatte, war er schon ein schlimmer Gauner: »Dr Deifel isch sein Dede!«, warnten die Alten, »Den hot dr Satan donderschlächtig abrota!«, die Krämer, »Liabr in Hexaschuß als Händel mit 'em Luzius!«, die Knechte. Weiber und Mägde hingegen meinten, er sei nur darum missraten, weil er sich vor dem Kämmen scheue und man wisse ja, dass unter einem wirren Schopf auch die Gedanken sich verwirren.

Darüber, dass er dereinst am Galgen enden würde, waren sich indessen alle einig, und das Gerücht, der Oberförster habe vergangene Kirchweih mit einem Geggaleschlegel auf den kammscheuen Burschen gewiesen und »I wett 'en Zwölfender: Der dreggade Lombabua isch dr Nächschte, der baumelt!« gesagt, wurde beflissen weitergereicht. Ob der Schultheiß die Wette angenommen hat? Die Leute wussten es nicht, ergingen sich in ▷Munkeleien ...

Doch genug davon! Wer wissen will, wie Gauner und Gärtner, Schlitzohr und Sechsbein zueinanderfanden, braucht nicht in die Gerüchteküche zu schleichen! Die Sache begab sich wie folgt:

Als Luzius den Käfer heranbrummen hörte und dessen glatten saphirblauen Rücken in der Sonne glänzen sah, fing er ihn sogleich mit der Faust. »Ei Käfer, was bist du schön!«, rief er entzückt: Nie zuvor hatte er solch prächtige Bläue geschaut! Dies schmeichelte dem Käfer sehr. »Im Paradiesgärtlein hat mir keiner je dergleichen gesagt«, dachte er bei sich und der Bursche mit dem pechschwarzen Struwwelhaar und den ▷rabenschwarzen Augen gefiel ihm so gut, dass er brav auf seiner Handfläche sitzen blieb.

Bald aber hatte Luzius sein Erstaunen überwunden und sprach voll Ungeduld: »Was nutzt mir deine Schönheit, Käfer? Mein Magen knurrt wie ein Hund vorm Fuchsloch! Wenn du mir weder Geld noch Brot bringst, kann ich dich nicht brauchen!«

Der Käfer, daran gewöhnt, zwar nicht als schön, wohl aber als nützlich angesehen zu werden, erschrak sehr. Der

Mensch lebt nicht von Blumenduft und Tautröpflein – das wusste er, und es dauerte ihn, dass seine Beinchen zum Korn schneiden, Mehl mahlen und Brot backen nicht taugten. Gleichviel! Geklagt und gezagt hab ich lang genug! Wie sagen die Prediger? Wahre Kraft entsteht beim Dienen!, ermutigte er sich und versprach, alles zu tun, damit sein neuer Freund nicht länger Hunger leiden müsse.

»Gut, gut«, lachte dieser. »Ich weiß schon was ...« Und er machte sich auf zur Werkstatt eines Malers.

»Hier ist dein Blau ▷ Gold wert«, flüsterte Luzius und befahl dem Käfer, kein Beinchen zu rühren, ehe nicht der Handel abgeschlossen sei. Den Anstand, anzuklopfen, besaß der Bengel nicht: So schonte er denn seine Knöchel, betrat die Werkstatt mit dem linken Fuß zuerst und sprach den Maler an: »Heda, Meister!« Erschrocken fuhr der Maler, der eben dabei gewesen war, die Wangen eines Posaune blasenden Engels zinnoberrot zu lasieren, herum. »Schaut, was ich euch bringe!«, rief Luzius und näherte sich dem Mann.

»Pah, was kah des scho sei? Schererei oder irgnd a Glomb ...«, brummte dieser.

»Weit gefehlt! Ein Edelstein ist's, schmuck und fein, von jenseits des Meeres und blauer als dieses!«, sprach Luzius, zog den Käfer aus der Tasche und zeigte ihn her.

Dies ist ein Geschenk des Himmels, dachte der Maler, zumal von dem Farbstein, der sich Ultramarin nennt, seit Monaten kein Krümelchen mehr aufzutreiben war: Zwei dringlich erwartete Schiffe seien gesunken, behaupteten die Handlungsreisenden, doch wenn die Fahrt lang und der Trunk stark war, schwätzet die 's Gelbe vom Girlitz runter, wie man im Städtle zu sagen pflegte. ▷Schiffe, Reiche, Sterne: Was Gott verdrießt, verdirbt, befand der Maler, den der Mangel an Pigment, dessenthalben er das Bildnis der Schutzmantelmadonna nicht vollenden konnte, schlimmer deuchte als das Sinken von Flotten, Fürsten oder Himmelsfunzeln. Seit Monaten hatte er »bloß no Miniatura: Oi Votivtäfele nach 'em andre« verfertigt, mithin ihm Posaune, Psalter oder Pauke spielende Engel allmählich »wie hundsgwehnliche Hianr« vorkamen und er beim Kronenwirt nurmehr Forelle blau, nicht aber Geggale oder Gänsebraten aß.

Item: Als Luzius ihm seine farbprächtige Ware präsentierte, griff er ▷gierig danach und rief: »Ich zahl dir jede Summe!«, woraufhin der Bursche ihm das Dreifache des gängigen Preises abknöpfte und beschwingt aus der Tür spazierte, das Geld fröhlich im Hosensäckel klimpernd.

Wie aber der Maler Mörser und Stößel nahm und den teuer erworbenen Klunker zu Pigment zerreiben wollte, spreizte dieser die Flügel und erhob sich in die Luft. Wie

Spreu beim Worfeln schwirrte das Blau durchs Zimmer, folgte dem Licht wie jene dem Wind und entkam durchs offene Fenster. Der Maler indes ward vor Staunen steif wie seine Staffelei, und hätte die schleckige Nachbarskatze nicht alsbald maunzend und kratzend um ein Schälchen Sahne gebeten, wäre er wohl noch bis zum Abend so dagestanden.

Und der Käfer? Der floh aus Leibeskräften, sauste die Gassen entlang und suchte den Luzius. Wo mochte er stecken? Wie von siebenundsiebzig Rotkehlern gehetzt flog er von Haus zu Haus, spähte in Stuben und Kammern, Schuppen und Ställe. Im Paradiesgärtlein sind die Wege kurz, hatte er niemals lange Strecken zurücklegen müssen. »Habe ich dir nicht geboten: Sei getrost und unverzagt? Leichter befohlen als befolgt!«, dachte er, während er breite und enge Straßen, Vorder- und Hinterhöfe, Postplatz und Marktplatz querte. Das Glück ist mit den Standhaften: Als seine Kräfte beinah versiegt waren, ihn die Flügel schmerzten wie den Grenadier die Füße, kam ihm der Alpenföhn zur Hilfe, trug ihn eine heftige Bö zu einem finsteren, nahe der Stadtmauer gelegenen ▷Torweg, an dessen Ende die Butzenscheiben jener schäbigen Schenke glosten, in der Henker und Huren einander »Wieviel?« fragten und Luzius bereits ein Gutteil des ergaunerten Geldes versoffen hatte.

Der Torweg, in dessen Dunkel allbot einer das Katzenkopfpflaster goss, Kerle und Köter, Schinderhans und Schindergäule ihr Wasser abschlugen, stank abscheulich; in den nächst der Schenke aufgeschütteten Haufen aus Unrat und Küchenabfällen hielten die Ratten Hochzeit; und fragte man die Klugheit, ob es Furcht oder Tugend, Scheu vor der Tugendlosigkeit oder untugendhafte Bangigkeit war, die den Käfer einen Augenblick lang zögern ließ, bliebe sie die Antwort schuldig.

»Mann oder Maus, Kerf oder Laus?« Der Zaudernde hingegen hielt die Sache für entschieden, schalt sich einen Feigling und setzte seinen Flug fort. Dass er bald darauf über die Schwelle der Schenke segelte, war indes nicht seines Mutes, sondern des tüchtigen Föhnwinds Verdienst, welcher ihm abermals unter die Flügel griff.

Der Rest der Nacht verlief im Zeichen des Lasters, das sich Maßlosigkeit nennt: ▷Gauner und Käfer zechten wie toll, wobei Ersterer Becher um Becher leerte, Letzterer die Lachen vom Tisch leckte und die Wirtin, die nicht litt, dass bei ihr einer auf dem Trockenen säße, zuweilen ein Schlückchen Branntwein neben's Geschirr goss.

Erst gegen Morgen schwankten die Zecher – einer groß, einer klein, dieser so blau wie jener, jener so voll wie dieser – aus der Schenke. Immer lustig, zickzackig der Rotznas lang, ging's aus der Stadt hinaus und zum Fluss. Da sah der Käfer die Tautropfen auf den Wiesen glitzern und ward an seine Pflicht erinnert. Schlagartig verflüchtigte sich sein Rausch, platzte der dichte, aus Fusel und Fiderallala gesponnene Kokon unter dem Beschuss siedendheißer Sorgen auf wie Springkraut bei Regen: Hatten die Seligen sein Fehlen bereits bemerkt? War Gott über seinen Ausbruch erzürnt? Welche Strafe erwartet denjenigen, der die Blütenkelche nicht rechtzeitig öffnet und die Beeren nicht blitzblank poliert?

»Ich muss fort!«, rief er und entflog dem Luzius, der darob suffselig kicherte und gähnte, nicht aber »Wieso und Wohin?« fragte.

Gottesfurcht entzündete den Käfer: Einem blauen Funken gleich stob er zu den Wolken empor! Als er an der Paradiesmauer anlangte und wieder durch den ▷Spalt schlüpfen wollte, war dieser aber schmaler denn zuvor, mithin er nicht ins Gärtlein gelangen konnte, ohne den Stein zu touchieren: Wie hochbeladene Heuwägen Scheunentore streifte er den Ritzenrand, schliff sein Rücken über die raue Kante: Das tönte wie ein Klingenschärfer, ribbelte und ratschte, fitzte und fatzte; doch einen Rasenden kann derlei nicht aufhalten: Unbeirrt drängte der Heimkömmling vorwärts, sah weder links noch rechts und schon gar nicht den runden, brandschwarzen Fleck, der, sowie er am Gemäuer entlangschrammte, auf seinem Panzer erschien.

Die Knute der Angst peitscht zu pünktlicher Arbeit: Ohnwissend wie gelang es dem Käfer alle Knospen rechtzeitig zu öffnen, Mariens immerkeusche Lilien und nimmerstolze Rosen mit glitzernden Tautropfen zu schmücken, sämtliche Schlüsselblumen zu Bünden zu raffen und den Kopf der Akelei zu biegen, auf dass sie demütig zu Boden blicke. Auch die Beerlein vergaß er nicht: Sorgfältiger denn je ▷polierte er die saftroten Früchte mit seinen Fühlern, und als die Gottesmutter an der Pforte erschien, ließ er die Maiglöckchen klingen, hell und fein. Dass ihm beim Läuten die Beinchen zitterten, blieb unbemerkt.

Alles ist rein den Reinen: Maria sah wohl den Fleck auf des Käfers Rücken, doch weder sie noch irgendein anderes heiliges Geschöpf nahm Anstoß daran, denn wenn es dem Herrgott gefiel, dem Kleinen einen Flecken aufzusetzen, so sollte es auch ihnen gefallen.

Und der Befleckte? Den bekümmerte das brandschwarze Mal, zu dessen Betrachtung er zweier spiegelblanker Beeren bedurfte, kaum: In seinem Kämmerlein aus Kronblättern gedachte er seines irdischen Abenteuers und sehnte sich nach Luzius, der ihn mit größter Angst und höchstem Glück vertraut gemacht hatte.

Die Schmeichel- und Streicheleien des schwarzäugigen Burschen; das Entsetzen vor dem todbringenden Mörser und der furiose Rausch, nachdem er entkommen war; der scharfe Trunk, die frechen Lieder ...

Immerzu sah er die ▷verbotenen Lustbarkeiten vor sich, durchschwelgten ihn schrecklich schöne Erinnerungen, und als die Vernunft zu mahnen anhob, er solle die Bilder nicht haschen, sie still vorüberziehen lassen, war es bereits zu spät, hatte der Käfer bereits zugegriffen und die geschaute Fülle zu jenem tollen Garn versponnen, welches ihm fortan als Richtschnur des Genusses diente.

Der Vergleich ist der Feind der Freude, vergällt jedwedes Vergnügen: »Was hat das Gärtlein schon zu bieten? Laues Wasser und altbackene Litaneien!«, ketzerte der Käfer, dem das Brot der Engel nicht länger schmecken wollte. Mürrisch blickte er um sich. Hatte der Tau auf den Wiesen nicht ebenso hübsch geglitzert wie auf Mariens Rosen? Die himmlischen Gewächse mochten noch so nimmerstolz und immerkeusch sein: Röter als jene, die bei den Menschen wuchsen, waren sie nicht. »Ros', wo ist dein Stachel? Himmelreich, wo ist dein Sieg?«, murmelte der Käfer, und die Erkenntnis, dass Leiden, Leidenschaft und Lebendigkeit so unzertrennlich sind wie Vater, Sohn und Heiliger Geist, glomm in seinen Worten wie Eulenaugen im Gehölz.

Als er jene hochgewachsene Preziose erklomm, welche dem Mauerspalt am nächsten stand –, wusste er da, was er wollte, oder spürte er bloß, was er sich wünschte? Dass er, wie er oben saß und des Moments harrte, da Maria den Garten verlassen würde, das Lachen des Luzius zu hören meinte und: Ich muss ihn wiedersehen dachte, lässt keinen endgültigen Schluss zu, kann Ersteres, Letzteres oder beides zugleich bedeuten. Fraglos fest steht indessen, dass der Chorgesang der Engel an diesem Tag nicht nur Marias Auszug begleitete.

Gleich den Nattern, die nachmittags aus ihren Verstecken kommen und sich ein sonniges Plätzchen suchen, war Luzius aus dem Holunderbusch, unter welchem er, wie so oft, seinen Rausch ausgeschlafen hatte, herausgekrochen und zu einem mannslangen Findling gelaufen, der, umringt von einer Gefolgschaft kleiner Kiesel am Flussufer ruhte. Dort saß er also, der ungekämmte Bengel, wärmte seine klammen Glieder auf einem Stein, einem Stein, einem Stein und weinte nicht. Die Miene, mit der er ins Wasser stierte, verriet allerdings, dass er sich nicht ganz wohl befand, und als er ein leises Sirren vernahm, sich umblickte und einen ▷azurblauen Rücken mit schwarzem Fleck in der Sonne glänzen sah, knurrte sein Magen schon sehr.

»Nun, Freund Käfer …«, hob er an, nachdem er den Kleinen eingehend inspiziert hatte. »Auch befleckt bist du noch schön!«

Was konnte ▷süßer sein als diese Worte? Der Käfer grinste wie eine Hummel nach drei Humpen Nektar.

»Aber was nutzt mir deine Schönheit?«, unterbrach Luzius des Käfers Wonne. »Mein Bauch klagt, als wär's Karfreitag! Wenn du mir weder Geld noch Brot bringst, kann ich dich nicht brauchen!«

Der Befleckte ▷erschrak bei diesen Worten sehr, denn obgleich sein Leib der Speisung nicht bedurfte, er nicht zu den weltlichen Geschöpfen zählte, die Kraft aus den Früchten des Feldes oder der Jagd beziehen und allbot ihren ▷klagenden Bauch beschwichtigen müssen, hungerte es ihn doch nach Abenteuern, und ohne den frechen Luzius würde er keine erleben. »Bitte schick mich nicht fort«, flehte er den Burschen an und versprach, alles zu tun, damit dieser nicht länger zu darben brauche.

»Gut, gut«, sagte Luzius und schmunzelte verschmitzt, »ich weiß schon was …« Und er machte sich auf zur Werkstatt eines Schmieds.

»Hier macht sich dein Fleck bezahlt«, flüsterte Luzius und befahl dem Käfer, sich erst wieder zu rühren, wenn der Handel abgeschlossen sei.

Den Anstand anzuklopfen, besaß er nach wie vor nicht; doch da er den riesenstarken Schmied, der in der Schlacht bei Biberach nicht nur sein linkes Auge, sondern auch sein munteres Gemüt verloren hatte, lieber nicht auf dem falschen Fuß erwischen wollte, die Wut und den Hammer des Mannes, der in einer Horde Zyklopen nicht weiter aufgefallen wäre, besser auf eine wilde Insel als ins beschauliche Allgäu gepasst hätte, zurecht fürchtete, räusperte er sich beim Betreten der Werkstatt wie ein Halskranker und ließ die Sohlen seiner abgenutzten Sandalen vernehmlich auf den Steinboden klatschen. Der Schmied gewahrte dies denn auch sogleich, hielt in seiner Arbeit inne und wandte sich um.

»Grüß Gott, Meister …«, begann Luzius.

»Wa witt?«, barschte der Schmied.

»Euch ein Angebot machen«, sagte Luzius.

»Des kahsch dr schbare – i hon alles, was i brauch!«, versetzte der Schmied.

»Brauchen und wollen sind zwei Paar Stiefel …«, erwiderte Luzius keck.

So war dem Alten noch keiner gekommen: Verblüfft schüttelte er seinen gewaltigen Kopf und schnaubte durch die Nase.

»Schaut her«, nutzte Luzius die Gelegenheit und bedeutete dem Schmied, er möge sich zu ihm hinabbeugen.

Verblüffung macht verführbar: Schon krümmte der Alte seinen breiten Rücken, haftete sein Blick an Luzius' vorgereckter Faust. Was mochte sich darin verbergen? Die Langsamkeit, mit der sich Luzius' Finger streckten, hatte etwas Feierliches, erinnerte ihn an die bedächtigen Gesten, die der Pfarrer beim Abendmahl vollführte.

»Wisst Ihr, was das ist?«, fragte Luzius, indem er seine Rechte vollends öffnete.

Der Schmied war sich nicht sicher. Das Ding, das wie eine dicke Perle in der Handschale des Bengels lag, war so blau, dass es ihn blendete. »Isch des am End ...«

»Ein Auge von ▷himmelblauer Farbe!«, kam Luzius ihm zuvor.

»Himmelblau ...«, murmelte der Schmied und betrachtete den Käfer, dessen Rücken in der Tat wie eine blaue Iris mit schwarzem Sehloch aussah.

»Und das ist noch nicht alles ...«, raunte Luzius dem Alten zu. »Wer es einsetzt, sieht schärfer als ein Falke!«

Da vergaß sich der Schmied, verpufften Misstrauen, Vorsicht und Vernunft des Alten hintereinanderweg, als hingen sie an derselben Lunte: Wie ein Bär auf Lachsfang schnappte er nach dem Wunderauge und rief: »Ich zahl dir jede Summe!«

Luzius, der freilich wusste, wieviel die Quacksalber auf den Märkten für Glasaugen und falsche Zähne verlangen, knöpfte dem Schmied das Fünffache ab und empfahl sich eilends.

Wieder allein, wollte der Alte sein neues Sehwerkzeug sogleich erproben. »Schärfer als ein Falke«, frohlockte er, nahm das Wunderding zwischen Daumen und Zeiger und versuchte, es in sein leeres Lid einzusetzen. In dem Moment aber, da sich der Griff seiner Fingerzange löste, spreizte das Himmelblau die Flügel und flog davon.

So schnell er konnte, sauste der Käfer durch die Gassen; und da er nun wusste, wo die Schenke lag, war es nicht schlimm, dass der Wind sich anderswo herumtrieb, feine Leibchen von der Leine mopste und den Wetterhahn foppte, statt ihm in den Rücken zu pusten. Auch war das Grauen, das Torweg, Unrat, Gestank und ▷Geziefer in ihm bewirkten, schwächer und das Maß an Mut, das er aufbringen musste, um die Schwelle zur Schankstube – wo das ▷Geld des Schmieds bereits in die Tasche der Wirtin und der Branntwein durch Luzius' Kehle floß – zu überfliegen, kleiner als beim ersten Mal.

Das große, von Lob und Dank begleitete »Hallo«, auf das der Käfer insgeheim gehofft hatte, blieb zwar aus, doch solange Luzius ihm verschwörerisch zulächelte, die Rabenaugen des Burschen funkelten und sein nickender, pechschwarzer Wuschelkopf ihm den Platz an seiner Seite zuwies, war er's zufrieden.

Der Rest verlief wie gehabt: Luzius leerte Becher um Becher, der Käfer leckte die Lachen vom Tisch und die Wirtin, die nicht litt, dass »des scheene Dierle verdurschtet«, goss mehr Branntwein neben's Geschirr, als dem Wirt lieb war.

An den umstehenden Tischen aber fragten sich die Leute, wie der Bengel bloß zu so viel Geld gekommen war. Auch sein schwarzgefleckter Kamerad erschien ihnen ▷verdächtig, und diejenigen, die vormals behauptet hatten, Luzius stünde mit dem Leibhaftigen im Bunde, sahen sich ▷bestätigt: »Wenn der Teufel der Herr der Fliegen ist, ist er auch der Herr der Käfer!« und »Em Satan sei Kutsch ziagat sieba Käfr!«, raunten Hinz und Kunz einander zu.

Den Schnaps, den ihnen der Luzius ausgab, soffen sie dennoch.

Als Käfer und Luzius aus der Schenke taumelten, dämmerte über den Schindeldächern des Städtchens schon der Morgen. Potz Hicks und Humpen! Das Gelage war sein Geld wert gewesen! Nun aber zog es sie dahin, wo die Katzenköpfe enden und Blumen ihre Häupter erheben, ging's holter di stolper zum Fluß.

Dort sah der Käfer eine Vielzahl krongelber Himmelsschlüssel und ward an seine Pflicht erinnert. »Ich kann nicht bleiben!«, rief er und entflog dem Luzius, der darob bloß die Achseln zuckte und »Der kommt wieder ...«, murmelte.

Als verfolge der Schmied ihn mit seinem Hammer, schoss der Käfer himmelwärts. Was war die Wut des alten Eisenklopfers gegen den Zorn Gottes? Hatte der Allmächtige seinen ersten Ausbruch ungesühnt belassen, um ihn nun umso härter zu strafen? Durfte er, obschon er den irdischen Versuchungen abermals erlegen war, auf Gnade hoffen?

Der Leib ist das Gefäß der Seele: Die blendend blaue Schale des Geschöpfs, das alsbald die Paradiesmauer erreichte, wollte überschwappen vor Angst.

»Herr, erbarme dich«, psalmodierte der Ausbüxer und hielt auf den Spalt zu. In seiner Abwesenheit war dieser jedoch so schmal geworden, dass er kaum noch hindurchpasste, hart am rauen Stein entlangschrammte und sich einen weiteren, brandschwarzen Fleck zuzog. Zurück im Garten machte er sich sogleich an die Arbeit, öffnete Knospen, verteilte Tautropfen, bündelte Schlüsselblumen und bog den Kopf der Akelei, damit sie auf ihn, der zu ihren Füßen die Beeren blank polierte, herabschaue. »Weiß wie Salz, rot wie Blut, heiliger Vater, sei mir gut!« Der Käfer rieb sich die Fühler wund, schuftete wie im Fieber unter der nickenden, purpurblauen Blüte, und als die Gottesmutter schließlich durch die Pforte trat, bimmelten die Maiglöckchen so hell und fein wie nur je.

Maria und die Seligen bemerkten wohl, dass der Käfer nun zwei ▷Flecken auf dem Rücken trug, doch hatte Noah nicht von allen Tieren je ein Paar gerettet? Und lehrt nicht der Prediger, dass zwei es besser haben als einer allein? »Es wird schon seine Richtigkeit haben«, sprachen sie und bekümmerten sich nicht weiter darum.

Die Zeit, die Maria im Gärtlein zubrachte, erschien dem Käfer quälend lang. Wie ein Karussellpferdchen zog er seine Runden um die mauernahen Lilien, die sich ihm nun als sittenstrenge Wächterinnen und Vorposten der Freiheit, Gouvernanten und Verführerinnen, Mahnung und Verlockung zugleich präsentierten.

Dann endlich war es so weit, geleiteten die Stimmen des spalierstehenden Engelchors Maria zur Pforte, trugen Cherubim und Seraphim einen Kanon vor, der, sowie die Gottesmutter das goldene Gatter durchschritten und der Käfer sich davongemacht hatte, vom Andante ins Adagio wechselte.

»Magnificat anima mea dominum – Meine Seele preist die Größe des Herrn!«, sangen die Boten des Allmächtigen, indessen sich die Mauersteine bewegten und den Spalt, dessen Entdeckung für Mariens Käfer das Größte gewesen war, für immer verschlossen.

Luzius lag auf dem Findling am Flussufer; und wäre der Heiland an ihm vorübergegangen, hätte er ihn glatt aufgefordert, den sonnenwarmen Stein in ofenwarmes Zuckerbrot zu verwandeln. Anstelle des Erlösers erschien indes der Käfer.

»Immerhin«, brummte Luzius und besah sich das nunmehr doppelgefleckte Krabbeltier genau: Was mochten die brandschwarzen Male bedeuten? Er war zu hungrig, um die Zeichen auszudeuten. »Mein Magen knurrt wie ein Löwenjunges ...«, hob er an.

»Was immer du ausheckst, ich bin dabei!«, versicherte der Käfer.

Luzius' Augen blitzten auf wie Schwarzpulver: »Alsdann!«, rief er, ließ den Käfer in seine Hosentasche gleiten und marschierte stracks zur Werkstatt eines Schneiders.

»Der Flicker wird Gulden geben wie 'ne Preiskuh Milch«, murmelte Luzius und tätschelte seinen Hosensack, in dessen Dunkel der Käfer bänglich die Fühler bog. »Dass du mir ja still hältst!«, mahnte er den Kleinen, dann stieß er die Tür zur Werkstatt auf; und da Luzius wusste, dass der Schneider das Spektakel liebte, die Darbietungen fahrender Schausteller dem Nadelschwinger, welcher die schmächtige, feingliedrige Statur eines Zwölfjährigen besaß und der, wären da nicht sein schütteres, silbergraues Haar und seine stutzerhafte Kleidung gewesen, glatt ein Eleve der hiesigen Lateinschule hätte sein können, beinah so viel Freude bereiteten wie prunkvolle Stoffe, betrat er die vor Tuchballen, Borten, Bändern, Spitzen und Schleifen strotzende Nähstube wie ein Schauspieler die Bühne.

»He-ho, Meister!«, rief Luzius dem Schneider zu.

»Meiner Treu«, hauchte dieser und fasste sich ans Herz: Das Krachen der Eichentür, die jählings aufgesprungen und gegen die türkisgrün tapezierte Wand geprallt war, hatte ihn heftig zusammenzucken lassen und seine sonst so ruhigen, überaus geschickten Hände zittern.

»Seid ihr bereit für eine Sensation?«, schmetterte der Lombabua.

Verwirrt schüttelte der Schneider sein schütteres Haupt. »Ich ... muss mich erst einmal setzen«, stammelte er, tastete nach einem gepolsterten Mahagonistuhl mit elegant geschwungenen Armlehnen und ließ sich nieder.

»Schwache Nerven, wie?«, sagte Luzius in jenem Tone, den für gewöhnlich Kurpfuscher und Arzneikrämer anschlagen. »Na, was ich in der Tasche habe, wird Euch schneller auf die Beine bringen als jedes Riechsalz!«

»Das bezweifle ich«, erwiderte der Schneider, nachdem er Luzius, dessen jämmerliche Kleider reif für die Papiermühle waren, von Kopf bis Fuß gemustert hatte. Dann aber fiel ihm ein, dass solche Burschen zuweilen auch durch die Wälder strolchten, Fasanen, Auerhähne und Rebhühner wilderten und er für ein paar hübsche Federn durchaus Verwendung finden könnte. Den grobschlächtigen Oberförster, der, wenn er einen Rock kaufte, stets um jeden Pfennig feilschte, mochte er ohnehin nicht leiden ... »Ah, was soll's«, sagte er schließlich, winkte Luzius, dessen umherhuschende Augen eben einen famos bestickten Umhang aus ▷veilchenfarbenem Damast entdeckt und dabei einen listigen Glanz angenommen hatten, zu sich heran und forderte ihn spöttisch auf, ihm die »Sensation« zu präsentieren.

»Nur zu gern!«, rief Luzius, indem er zum Schneider hintänzelte.

»Damit du's weißt: Für Dockele und Zinnsoldaten hab ich nichts übrig«, warnte der Silberhaarige, vor dessen Mahagonithron Luzius kratzfußte und sich in die Tasche griff.

»Zinnsoldaten? Mit solchem Plunder würd' ich euch nicht kommen! Doch seht selbst!«, sagte Luzius, zückte den Käfer wie Brautwerber Verlobungsringe und hielt ihn dem Schneider hin. »Ist dieser Knopf von Saphir nicht eine Augenweide?«

Die strahlende Bläue des Käfers, auf dessen Rücken sich die schwarzen Flecken wie zwei Knopflöcher ausnahmen, blendete den Schneider: Blinzeln und Staunen, Gaffen und die Gosch aufreißen wie ein toter Fisch: Mehr fiel ihm dazu nicht ein.

»Was soll den Umhang da zusammenhalten?«, fuhr Luzius fort und deutete auf den Arbeitstisch.

»Wie? Ach, die Pelerine«, erwiderte der Schneider und ließ Luzius wissen, die königliche Hofschneiderei habe ihn beauftragt, diese zu vollenden. »Nähen können sie, die Stuttgarter, aber mit ihrer Stickkunst ist es nicht allzuweit her ...«, frotzelte der silberschöpfige Schmächtling, dessen Blick den vermeintlichen Saphir umschlang wie Goldlahn Seidenseelen.

Luzius, der allmählich genug von dem Geplänkel hatte, zog den Käfer zurück und tänzelte zum Tisch hinüber. »Ein Meisterwerk, fürwahr!«, rief er. »Doch solange es keine Schließe hat, kann es nicht getragen werden ...«

»Als ob ich das nicht wüsste«, murmelte der Schneider, den die Frage nach der passenden Arretierung schon seit Monaten beschäftigte. Schlimmer noch als der Umstand, dass man, wie er zu sagen pflegte, im Allgäu allenfalls schöne Milchschemel, nicht aber qualitätvolle Schmucksachen findet, schien ihm im Moment jedoch die Nähe des Lombabuas, in dessen Fetzen sicherlich Motten und Wanzen hausten, zu seinem Meisterwerk. Wie eine Mutter, die ihr Kind um Hilfe rufen hört, sprang er auf und eilte zur Pelerine hin.

Luzius aber nahm den Knopf von Saphir und legte ihn in die Mitte des Gewandes. »Ihr strebt nach Vollendung?«, sagte er und lächelte triumphierend. »Da habt Ihr sie!«

»In der Tat«, stammelte der Schneider, den dieses Arrangement heillos verzückte.

»Nun, dann holt mal Eure Börse, Meister«, sagte Luzius. Alsdann presste er dem Nadelschwinger das Siebenfache des gängigen Preises ab und verschwand schneller, als ein Taler rollen kann.

»Feilschen kann er, der Lump«, fluchte der Schneider, während er die Tür verriegelte und sich die Hände mit Kölnisch Wasser abrieb.

»Vollendung ...« Das Wort, das der Bengel so selbstverständlich ausgespuckt hatte, als wär's ein Kirschkern, schwoll im Schneider auf, wurde groß und prall wie eine Montgolfiere: Vorfreudig befeuert schwebte er zur Pelerine hin. »Da werden sie staunen, die Stuttgarter«, frohlockte er, ließ Zähne und Nadel blitzen, fädelte das Garn ein und beugte sich über den veilchenfarbenen Stoff. Schon griffen seine parfümierten Finger nach dem

Knopf, wollte er die Nadel durch eines der Löcher stoßen, als dieser lebendig wurde, seine saphirblauen Flügel spreizte und zum Fenster hinausflog.

Der Käfer ritt den Wind, ließ sich vom weltkundigen Wolkenschieber, der kürzlich von den Alpen herabgekommen war, das Blau der Gletscher jedoch schon vermisste, zur jener schäbigen Schenke tragen, in welcher sich's der münzschwere Luzius bereits bequem gemacht hatte und die geglückte Gaunerei begoss.

»Setz dich, und sauf was du kannst«, rief Luzius dem Käfer zu, was dieser dann auch eifrig tat.

»So isch's recht«, lachte die Wirtin, und da der Föhn die Kehlen trocknet, sie an Tagen, an denen Hochgrat und Seelekopf, Rote Wand und Widderstein am Horizont dräuten wie schroffe Donnerwolken, aus dem Flaschenköpfen gar nicht mehr herauskam, war ihr Gatte zu sehr mit dem Kassieren beschäftigt, als dass er sie für die Schlückchen, die sie dem Käfer spendierte, hätte rügen können.

In dieser Nacht allerdings wollte es das Schicksal, dass unter den Trunkenbolden, die greinten, sie seien dörr wie Hutzeln und weniger flüssig als der dreggate Lombabua, auch jener fahrende Trödler saß, der am Morgen das Stadttor passiert und seinen Rumpelkarren erst zur Schmiede, dann zur Werkstatt des Malers gelenkt, hier neue Eisen für seinen Gaul, dort ein mäßig gelungenes Votivbildchen erstanden und dabei von den Machenschaften des Luzius gehört hatte, aus dem Gefasel der betrogenen Männer, die fliegende Himmelsaugen und lebende Ultramarinsteine gesehen haben wollten, jedoch nicht schlau geworden und einige vergeblich durchrätselte Stunden später reichlich missvergnügt in die Schenke eingefallen war. »Wirt, gang zapfa, Keche, bring Krapfa – I hon koi Hirnschmalz meh!«, hatte er gestöhnt und anstelle der erträumten Doppelportion Speckkrapfen aber bloß a Gfräß, das de Durscht ahoizt, sprich salzigen Käse, verpfefferte Wurst und einen Kanten Brot bekommen. Und obzwar er dem verkommenen Studenten, der ihn immerfort in die Seite puffte und »Bockbier isch a geischtiges Getränk!« lallte, nicht glaubte und dem obergscheita Kerle gesagt hatte, er solle gfälligscht sei Gosch halta, war sein Verstand in dem Moment, da der Käfer zu Luzius stieß, so trefflich geölt, dass er in ihm das blaue ▷Teufelszeug erkannte, das weder dem Schmied noch dem Maler hatte dienen wollen.

Zwischen Erkenntnis und Entschluss, plötzlicher Klarsicht und eiligem Aufbruch des Trödlers, verging kaum eine Minute, denn dass die Auslieferung des Luzius sich lohnen, die Gelackmeierten ihm den Bengel vielleicht nicht in Gold doch zumindest in Giggele aufwiegen würden, schien dem Schacherer wahrscheinlich genug.

Die Schmiede lag näher an der Schenke, mithin er zunächst den Einäugigen aufsuchte. Den Weg zur Malerwerkstatt könne man sich sparen, meinte dieser, zumal bei so 'em Wettr alles, was im schteha seucha kah, in die Krone renne. Das Gasthaus sei glei ums Eck, versicherte er, nahm einen Holzhammer von der Wand, packte den Trödler beim Arm und zog den Mann, dem der pfahllange Hammer und der eiserne Griff des Alten mehr Unbehagen einflößten, als ein Kamel saufen kann, mit sich.

Der Schmied hatte richtig gelegen: Die Krone war gerammelt voll, die Gäste schrien nach Wein wie Säuglinge nach der Mutterbrust, das Schankmädel schwitzte und der Maler saß auf seinem angestammten Platz.

Dass der Stutzer, der unmittelbar neben ihm in seinen Römer starrte, als läge sein totes Liebchen darin, ebenfalls auf den Luzius hereingefallen war, mithin er, als dessen Name fiel, aus seiner Starre erwachte und aufgeregt von einem flüchtigen Saphir berichtete, zählt indessen zu den Dingen, die Vorherzuwissen gottgesandten Propheten vorbehalten ist.

»Dem Lugabeidl zoiga mer's!«, rief der Schmied und hieb mit der Faust auf den Tisch.

»Die Zauberer müssen brennen!«, zischelte der stutzerhafte Weintrinker, der für den Hammerschwinger bislang bloß der gschniegelte Häsmacher gewesen war. Rachsucht ist ein böser Mond: Die Unkenrufe des Malers, man werde den Bengel ohnehin nicht erwischen, das Geld sei verloren und jede Mühe zwecklos, verebbten, dem Schlick der Vernunft entkroch ein furchtbarer Plan ...

Was trieben die Schemen da? Sufftumb verfolgte der verkommene Student das Schattenspiel, welches die staubige Butzenscheibe ihm bot. Dann kam die nächste Halbe, galt es, die Bockbierblume zu pflücken und tief ins »Geischtige« zu schauen. Die Erinnerung an das Schattentreiben zerfiel ebenso rasch wie der Schaum in seinem Bart: Als er »Mädel komm ans Fenster, alles still und stumm, Verliebte und Gespenster wandeln schon herum« anstimmte, wusste er nicht, wie er darauf gekommen war.

»Bah, Schmonzetten«, sagte Luzius, dem das Geleier des Studenten gehörig auf die Nerven fiel. »Wie soll man da feiern?« Und während der bierselige Barde »Dein getreuer Knabe harret, komm in seinen Arm« jaulte, verließen Luzius und Käfer die Schenke, schwankten ein Zerlumpter und ein Befleckter auf den Torweg zu.

Die Gestalten, die im Miasma des engen Durchgangs ihrer harrten, waren dem Knabenalter längst entwachsen.

Zu jener Stunde, in der die Hähne sich zum Krähen bereitmachen, fielen drei Männer über Luzius her und schlugen ihn tot. Ein vierter, fein gekleidet und schmächtig, stand Schmiere. Der Käfer indessen blieb unversehrt: Die Angst, er könne ein Scherge des Satans sein, band den Schlägern die Hände und der Schmächtling meinte, eher wolle er eine räudige Ratte besitzen als dieses verfluchte Vieh.

Gemeinsam hievten die vier Luzius auf den Karren des Trödlers und schafften ihn aus der Stadt. Der Käfer folgte dem Gespann, das alsbald von der Pflasterstraße abbog und mächlich am Fluss entlangrumpelte. An einer einsamen, von schwarzem Holunder überwucherten Uferstelle luden sie den Leblosen ab.

Ob man ihn nicht begraben solle, fragte der Maler.

»Wozu? Der Teufel findet den Lump auch so!«, höhnte der Trödler, kletterte auf den Bock und hieß die andern einsteigen.

In dem Moment, da in der Stadt das Geschrei der Hähne anhob und am Fluss das Schnalzen einer Zunge, der Hufschlag eines Gauls und das Knarren von Wagenrädern vernehmlich wurde, stob der Käfer aus dem Holunder. Die Hand, auf der er landete, war kalt, ihr Strahlenkranz aus Fingern starr wie der einer Monstranz. Bitterlich weinend krabbelte er über Arm und Schulter zu Luzius' zerschlagenem Schädel hinauf und versuchte, ihm die blutverkrusteten Haare aus der Stirn zu streifen.

Dass die Halme um ihn her zu glitzern begannen, bemerkte er nicht: Zu sehr beschäftigte ihn die Totenwäsche des Geliebten, dem er die Lider schloss und die Wimpern zurechtbog, Staub und Schmutz aus den Brauen zupfte und das grausige, vom vernichtenden Hieb des Hammers zeugende Sprenkelmuster von den Wangen rieb.

Wo blieb der ▷Teufel? Schlich er schon durch die Binsen?

Die Fische im Fluss schwärmten und sprangen, der Käfer schluchzte und schrubbte; und dass er sich dabei mit Blut besudelte, die steigende Sonne bald auf einen sauberen Lombabua und einen dreggata Käfer herabsah, war ihm nur recht, hatte der ätherische Glanz seiner Schale doch ohnehin nie seinem Wesen entsprochen.

Laibrunde Kiesel buken in der Mittagsschwüle, wachsweiße Tellerblüten dufteten süß. Der Teufel scherte sich nicht darum, ließ weiter auf sich warten. Der Wind aber kam, brachte das Geläut einer Schulglocke und trocknete das Blut auf des Käfers Rücken; und indem das ▷Scharlachrot gerann, sich ein Schorf aus Lebenssaft wie eine zweite Haut über die gefleckten Flügel legte, verlor Mariens kleiner Gärtner seine Unsterblichkeit.

Sogleich verspürte er großen Hunger: »Mein Magen ist leer wie Jesu Grab«, flüsterte der Unselige, als wäre dies die Zauberformel, die tote Schelme ins Leben zurückruft. Allein, es waren bloß Worte, verhuschte Klänge, die schmerzliches Verlangen, nicht aber das Mohnkorn Magie, das Augen funkeln und Burschen »Ich weiß schon was!« ausrufen lässt, in sich trugen.

Was also tun?

Vom Wind war keine Hilfe zu erhoffen und die am Ufer schnatternden Gänsesäger hatten zwar rabenschwarze Köpfe, doch keinen göttlichen Auftrag, würden also weder Brot noch Fleisch bringen. Das Rumoren seines Bauches war der Trommelwirbel, unter dem die Verzweiflung aufmarschierte: Hungers sterben oder den Freund verlassen? Die Übel schenkten sich nichts.

Diese stärkt der Herr, jene Trotz und Treue: »Und wenn sich die Hölle auftut – Ich bleibe bei ihm«, gelobte der Käfer, und wie er so sprach, gewahrte er auf den Pflanzen, die neben dem Leichnam wuchsen, ein kohlschwarzes Wuseln und Wimmeln. Was mochte das sein? Ein saftiger Geruch ließ seine Fühler erschaudern: Getrieben und gezogen, gelockt und geschoben von üppigen Reizen und lüsternen Gefühlen näherte er sich dem Grind aus Winzlingen, der an den Stängeln und Blättern haftete und ihm so appetitlich dünkte wie eine krosse Bratenkruste.

Von den Gefiedern der Gänsesäger perlten Tropfen, dottergelbe Schlüsselblumen fingen sie rasselnd. Büsche und Binsen rafften ihre Schatten ein, nektartrunkene Falter taumelten wie Matrosen auf Landgang.

Wer würde Luzius finden?

Der Kapitän der Finsternis zeigte sich nicht, schickte grün-schillernde Kundschafter vor. Was vermeldeten sie?

Einen schwarzfleckigen, blutroten Käfer, der selbstvergessen Läuse fraß.

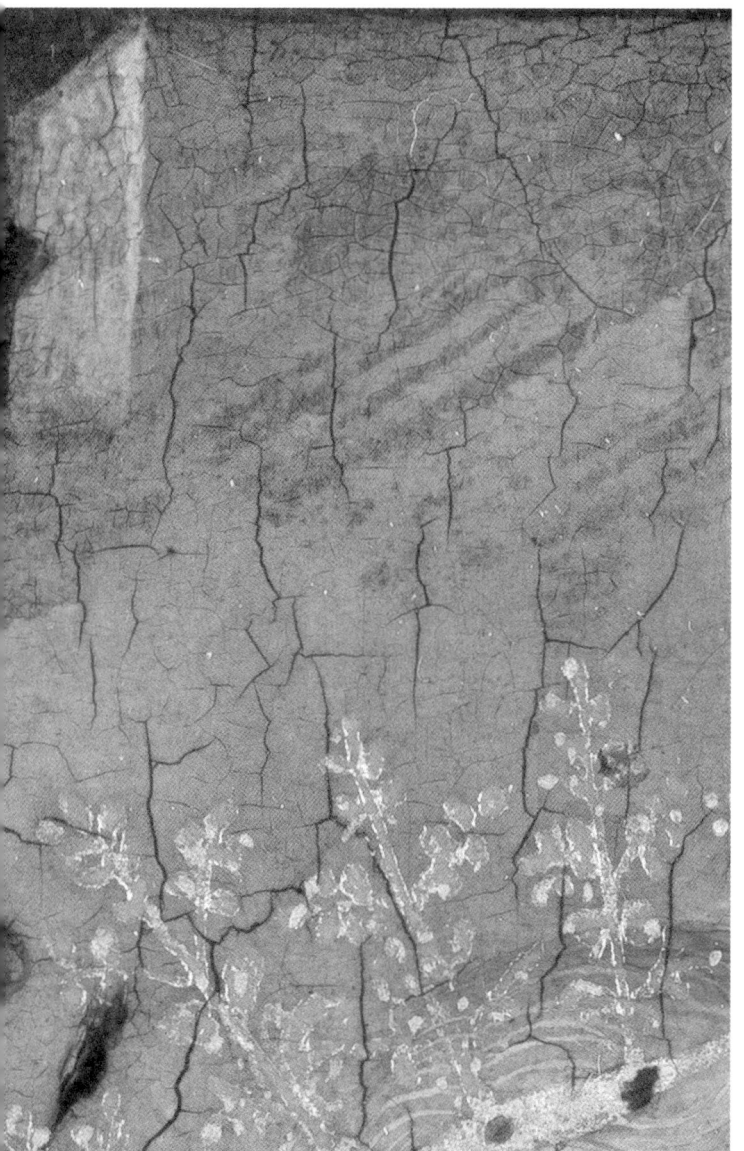

SIDETRACKS & ADDITIVES

▷ KÄFER

1.

Montagvormittag: E-Mails checken. Eine Antwort vom Käfer-Experten ...

»Wie kommen Sie ausgerechnet auf mich? Wie entsteht die ›unorthodoxe Schreibweise‹? Tut mir leid, aber als (relativ) ›alter weißer Mann‹ finde ich es etwas irritierend, im Deutschen die Groß- und Kleinschreibung zu ignorieren, zumal es um Literatur gehen soll (Zwinkersmiley)«, so der Koleopterologe L.

Ich rufe L an. Der Experte lässt mich wissen, dass er Freiberufler ist und heute oder morgen für mich Zeit hätte – ein Massel, das ich u. a. dem Feldaufnahmen-verunmöglichenden Regenwetter verdanke. (Im Märzen der Bauer, nicht aber der Wissenschaftler!) Außerdem sei er momentan ohnehin mit der Neusortierung seiner (Käfer)Sammlung beschäftigt.

»Wo liegt Löthain?«

Im Landkreis Meißen, ca. 45 Autominuten von Dresden entfernt.

»Um wieviel Uhr passt es Ihnen?«

15 Uhr.

»OK!«

1.1

Schnell nach Hause also, Nase pudern, Wimpern tuschen, Proviant – 100 g gekochte Garnelen-und-Putenschinken, dazu 1 Tupperzylinder voll mehr-als-gut-gesalzener Gurken-Zucchini-Mische, gefettet mit Kokosmilch und 1 TL Olivenöl, akkompagniert von 7 Maiswaffeln, ferner 2 Stück Scho-Ka-Kola (1 für L, 1 für mich) und Kaugummi – eintüten (Drugstore's Reusable Shopper is my Birkin-Bag!) und ab geht's!

1.2

A 4, A 14, Ausfahrt 37 Nossen-Ost, B 101 ...

1.3

Löthain. Erinnert an mein Heimatkaff Baindt.
Kaff, Käffer, Käfer ...
Ich biege ins Expertensträßlein ein und stelle fest, dass die Hausnummer 22 zweimal vergeben wurde: Das 22a-Haus ist fliederfarben und falsch, 22-ohne-a weiß und korrekt. Während ich klingle, beschaue ich die Vorgartenbepflanzung, bemerke ich Rosen und ein vogelfuttergeschmücktes Obstbäumchen.

1.4

L: Ein großer, schlanker, bebrillter, grauhaariger Mann in schwarzer Outdoorhose, offener Zipp-Jacke und grauem T-Shirt.
»Schuhe aus?«
»Ja.«

Ich bekomme Filzpantoffeln: mausgrau mit mädchenrosa Streifen. Denke an Beuys und Beuysschüler.

L führt mich in eine Wohnküche, von der aus man die momentan stattfindenden Terrassenbauarbeiten live mitverfolgen kann. Das gegenüberliegende, der terrassenlosen Grundstücksseite zugewandte, Fenster bietet Körneberger Klopse schmausende Blaumeisen.

»Was trinken? Kaffee? Wasser?«

»Ja, gern, alles!«

Auch die Handwerker erhalten je ein Heißgetränk gratis. Ich biete Scho-Ka-Kola an. L lehnt ab. Kaffee trinkt er auch keinen, dafür grünen Tee. Ich frage, ob er Gutachten schreibt. Er bejaht's, sagt: »Die erste Frage ist immer: Ist das ein Schädling? Dann sage ich, ja, alles Schädlinge – nur der Mensch nicht!« Die Schädlingspolemik sorge in der Regel für betretenes Schweigen, bringe die Leute zum Nachdenken.

Sonach steigen wir Treppen, trage ich meine Tasse ins Arbeitszimmer hinauf.

1.5

In den beiden duschkabinenbreiten, knapp unterhalb der Dachschräge endenden Regalen des Lschen Arbeitszimmers stehen die foliantformatigen Erlenholz-Schaukästen dicht an dicht. Jedes Exponat ein Kornett: Die Aufgespießten präsentieren winzige, fliegenbeinfein beschriftete Standarten. Insektenkadaver überdauern ungekühlt, bedürfen keiner Frischebox. Standarte-am-Zeh ergo kein Zeichen der Solidarität mit jenen, die sich post-mortem in stinkenden Schlonz verwandeln ... »Gibt es einen Rosen- oder Erdbeerkäfer?« Ich bekomme zwei »Jas« und die Viecher zu sehen: Ersterer weist eine spektakuläre Flipflop-Färbung auf und ähnelt Mariens Käfer formal in keinster Weise, Letzterer hat einen hübschgerillten Rücken, ist all in all jedoch zu schlicht, um als Protagonisten-Modell herhalten zu können. »Toll«, lobe ich den Flipflopper. Erdbeeren sind Rosengewächse: Der changierende Schönling und/oder seine Larvenbrut könnten sich also durchaus in Mariens Beerenbeet herumtreiben ... »Keine Abweichungen! Stick to the plan!«, so die Ideen-Polizei. Recht hat sie.

1.6

L kredenzt einen Marienkäferglasfolianten, fragt, welches Exemplar ich mikroskopieren möchte. »Natürlich den Zweipunkt!«, rufe ich, denn dieser ist der Ikonischste.

L erzählt von der folgenschweren Einführung chinesischer Marienkäfer zur Beseitigung von Schädlingen in niederländischen Gewächshäusern. China-Käfer als Biowaffe: klassischmenschliche Schnapsidee. (Am fünften Tag schuf Gott die Tiere, am sechsten die Plage des Planeten.)

1.7

Zweipunkt-Mikroskopie: Die Flügel sind nicht glatt, die Punkte nicht rund. Ich bohre meinen Blick in den Käferrücken, entdecke klitzekleine Löcher, sage: »Sehn aus wie Poren!« »Mikropunktur«, bestätigt L knapp. »Wozu dienen die Deckflügel eigentlich?« Das transparente Flügelpaar, das sich unter dem schicken Hard-Top verbirgt, ist, laut L, nicht wasserempfindlich ... Rücken und Kopf trennt ein schmucker schwarz-weißer Halsschild: Dieser ist weder aufklapp- noch abnehmbar. »Ich hab auch Einzelteile da«, bemerkt mein Gastgeber. »Immer her mit den Details!«, juble ich, nehme einen Marienkäferpenis entgegen und inspiziere ihn: Käfers bestes Stück hat Überlänge und eine zwieselhafte Spitze. Abgesehen vom Riesendödel ist der Geschlechtsdimorphismus bei Marienkäfern so gering ausgeprägt, dass das okularlose Auge Männchen und Weibchen als »quasi ununterscheidbar« erlebt. Monogamie?

»Eher nicht«, meint L, der, indessen ich Geschlechtsteile mikroskopiere, in der digitalen Welt herumklickt und einen Lehrfilm anwirft. Der koleopterologisch-wertvolle Streifen enthält pornografisches Makro-Material: Mister Ladybug steckt sein verzwieseltes Ding rein und pumpt: »Das Liebesspiel dauert bis zu 18 Stunden ...« Ladybug's Lady legt ca. 400 Eier ... Ich teile meinem Gastgeber mit, dass ich Live-Unterricht vorziehe, frisches Expertenwissen lieber mag als Dokus aus der Dose: Er nickt verständig und klickt das Filmchen weg.

Thema Ernährung: Wie viel braucht 'n Käfer? »40 Blattläuse pro Tag«, schätzt L, wobei das Größenverhältnis von Käfer und Blattlaus etwa dem von Mensch und Truthahn entspreche. 40 Truthähne täglich!? Ich bin begeistert. *Fucking and Feasting: endlose Sexsessions und alle Tage Thanksgiving.*

»Könnte man sagen, er ist gefräßig und geil, hinter jeder Laus und jedem Rock her?« Antropomorphisierung von Tieren? L verzieht das Gesicht, will den Gliederfüßlern keine menschlichen Eigenschaften andichten. Insbesondere der Rockjäger-Vergleich stört ihn. In der Natur gehe es nunmal vornehmlich ums Poppen, meint er, und ich höre Darwin trapsen.

1.8

»Bei flugunfähigen Arten sind die Deckflügel zu einer kompakten Masse verschmolzen«, erklärt L.

Wenn du nicht fleißig fliegst, wachsen dir die Flügel zusammen! Drohung, mit der Mutter Kerf ihre Kinder in die Spur bringt? Antropomorphiler Unfug ...

»Was passiert, wenn sich ein Käfer verletzt?«, frage ich. »Nichts«, erwidert L, Wundheilung, Wiederaufbau- oder Erneuerungsprozesse seien im Koleoptera-Programm nicht enthalten, ergo ein Ding der Unmöglichkeit. »Wachstum und Häutung finden ausschließlich im Larvenstadium statt ...« Im Falle des Marienkäfers entschlüpft der Puppe ein weiches, rapsgelbes Jungtier, das erst aushärten muss.

Wie Bauschaum ...

Aushärtung und Umfärbung verlaufen parallel.

Gelobt sei, was rot macht.

»Der adulte Käfer ist nur zur Fortpflanzung da«, so L.

Genschleuder (Substantiv, f): Proteinbetriebene Fick-und-Fressmaschine mit selektionsdruckabhängiger Flugfunktion.

▷ DUFT

»Die Fühler sind die Nase«, sagt L. Kommunikation durch Absonderung von Duftstoffen? »Nicht auszuschließen ...« Vibrationen (und womöglich sogar Schall) werden mit den Beinen wahrgenommen. Sehvermögen? »Komplexaugen. Wie alle Insekten ...« Ob die was taugen? Er *auf Sicht* jagt? »Unwahrscheinlich«, meint L, der vermutet, dass Marienkäfer weder scharfäugig noch farbsichtig sind.

Das adulte Geschöpf ist ein Schwarzweiß-Seher: Speziesübergreifende Wahrheit ...

▷ SCHICKSAL

Lebenserwartung: 6 Monate. Schlüpferei im Oktober, dann Winterruhe. Sowie's Blattläuse gibt, sprich: im April, wird aufgestanden, gejagt, gefressen, gepoppt und gestorben.

▷ HIRN

Der Zweipunkt sei von einem »Strickleiternervensystem« durchzogen, sein Hirn »schlauchartig, mit Verdickungen im Kopfbereich«, erläutert L. Kognitive Fähigkeiten? »Unbekannt.« Mir fällt ein, dass man zum Denken Sauerstoff benötigt. »Wie atmet er eigentlich?«, frage ich und fühle mich genauso dumm, wie ich aussehe. »An jedem Segment befinden sich Atemlöcher ...« Sauerstoff braucht ein Transportmittel. »Blut?« »Gibbet nich.« Dafür »Hämolymphe«, ein weißliches Fluidum, das durch den Körper gepumpt wird und das Saure zuverlässig ausliefert. Toll.

▷ TIERE DES GÄRTLEINS

I.

In der singvogeldominierten Paradiesgärtleingesellschaft stellen Kerbtiere eine an den Rand gedrängte Minderheit dar: Nahe des Wasserbeckens haben sich zwei Libellen niedergelassen; ein Weißling sitzt mit geschlossenen Flügeln auf der Blüte einer Päonie. *Das nicht näher bestimmbare Insekt*, nach welchem ein *naturnah wiedergegebenes*, auf einer weißgetünchten, zinnenbekrönten Mauer hockendes Rotkehlchen pickt, konnte im Zuge jüngst erfolgter Restaurationsarbeiten als »halbkugeliger, ultramarinblauer Käfer« identifiziert werden.

1.1 / Zur Soziologie des Jenseitslandes

Das Kastensystem der Paradiesfauna gliedert sich in sieben Kasten, denen je eine Farbe zugeordnet ist: Ehe sie in die Eternity-Zone eingehen, werden Neuankömmlinge einem sorgfältigen Color-Check unterzogen, einer checkergebnisgemäßen Kaste zugeteilt *Pförtner Petrus und die Police-Putten: Protect and serve? Denkste! Observe and select, lautet das Motto!* und über die Rechte, Pflichten und Gepflogenheiten derselben informiert. Die Broschüren »Meine Kaste und ich« sowie »Chromismus – Ein klasse System!« sind Teil des Willkommensgeschenks.

1.2 / Broschüren-Auszug

Die oberste bzw. *angesehenste* Kaste bilden die Schnee-, Wolken-, Gischt-, Milch-, Kristall-, Zucker-, Zahn-, Kreide-, Carrara-, Porzellan-, Blüten- etc. pp. weißen Tiere, darunter rangieren die Madonnenmantelblauen, dicht gefolgt von *jenen, deren Märtyrerblutröte ins Auge sticht wie Longinus Lanze in unseres Herrn Jesu Seite*. Der Rangunterschied zwischen Rot (*Röcken?*) und Blau (*Strümpfen?*) ist so gering, dass sie gemeinhin als »gleichgestellt« gelten. (Das öffentliche Fordern einer offiziellen Zusammenlegung bzw. Fusion der beiden Klassen, deren Resultat die Zerstörung der mystischen, vom Symbolkommissariat für »absolut erhaltenswert« erachteten Siebenheit wäre, wird mit einer Strafe von bis zu 300 Jahren Erkenntnisapfelschälen geahndet.) Eine Stufe unter den Märtyrerroten *respektive auf dem Holzmedaillenplatz* stehen die (Gold)Gelben *scherzhaft »Nuggets«, diffamierend »Mammons« oder »Die Goldkälblichen« genannt?* Die fünfte Kaste stellen die Multicolorierten *Color-Rado: Die bunte und spannende Mischung,* die sechste die fegefeurig Verkokelten *von zart gebräunt bis pechschwarz ist alles dabei!* Angehörige der allseits gefürchtet-und-gemiedenen Kaste sieben, *d. i. die subversive Unterschicht* fallen durch ein schuppiges, reptiliengrünes Äußeres auf. (Addendum: Silbergraue Individuen zählen zur Multi-, Aschfarbene zur Kokelkaste.)

▷ NEUGIER

Meine Frage, ob er manchmal von Käfern träume, überrascht L sichtlich. »Ich träume viel ... Sehr bunt und intensiv ... Kann mich danach aber nicht erinnern.«

▷ RÄTSEL

1.

Zurück in der Küche – wo ich vespern darf und Expertenwissen-Zuschlag bekomme.

Zuweilen würden Marienkäferlarven auch als »Blattlauslöwen« bezeichnet, so L. Das sei allerdings falsch. »Schade«, sage ich, »das hätt' ich mir bestimmt gemerkt – Metaphern sind mein Ding ...« *Ob mein Hirn die Information, dass Blattlauslöwen Florfliegenlarven sind, für speichernswert erachten wird? Time will (not) tell: Was vergessen wird, bleibt unerzählt ...* Als meine Aufmerksamkeit zu L zurückkehrt, sind dessen Gedanken auf Zeitreise, forscht er im Felde seiner Kindheit nach den Ursprüngen seiner Insektophilie. Ich löffle langsamer, warte auf Ergebnisse, hoffe, dass selbige *reinkommen*, ehe die Gurken-Zucchini-Zeit vorbei und meine Anwesenheit im Expertenhause nicht länger zu rechtfertigen ist. »Ferdinand Ameise«, fällt L ein, »Kennen Sie das Buch?« Ich verneine, begreife zunächst nicht, dass Ls Ferdinand und der mir sehrwohl-bekannte Zeichentrickserien-Protagonist »Ferdy« ein und dieselbe Figur sind. *Rechenschwächlicher 80er-Jahre-Prozessor: braucht mal wieder länger ...* »Da kam ein Ameisenlöwe drin vor ...«, so L, den der »dicke, gefräßige Kerl, der mit Dreck um sich wirft« weiland mächtig beeindruckte. *Wie sich die Dinge ins Gegenteil verkehren: Kinder bewundern ungestüme Dreckschleuderer, Erwachsene akribisch-ordnende*

Kollektioneure ... Der Mann, dessen Psyche »wild wie ein Löwe« in »wild auf Käfer« umgemünzt hat, verlässt die Küche und kehrt binnen kurzem mit der Neuauflage des wirkkräftigen Buches zurück. »Ich les' es grade meinem Enkel vor ...« *Was geben wir weiter, wenn nicht unsere Obsessionen?* Ferdys girlfriend, eine kesse Marienkäferin, war (und ist) übrigens eine von meinen, gestehe ich und trage L das Lied vor, mit dem Fräulein Käfer mich dereinst im Sturm eroberte, singe »Hiiier, komm ich, das Gwen-do-lin-chen, wie ihr sie liebt mit dem heißen sexy Gang, schubidu-dam-dam!« *Feuerrote Pumps, gepuderte Spitznase und das Adjektiv »sexy«: für Kränzler d. J. der glamouröse Gipfel femme fatalistischer Skandalosität.* Verwirrt-belustigtes Kopfschütteln seitens des Ferdinand-Fans, der diesen Song heute zum ersten Mal hört. Gwendolins Bücher-Ego schlägt offenbar keine vulgären Töne an ... Anstatt L um eine Ferdinand-Ameise-Lesung zu bitten, initiiere ich ein Vokabelspiel. Die Regeln sind einfach: Ich tippe die auf dem Bucheinband abgebildeten Tiere an, er sagt, wie sie »in echt« heißen – ein Gaudium, bei dem sich *leider Gottesanbeterin* herausstellt, dass ich zu denen zähle, die »Grillen, Heuschrecken und Grashüpfer nicht voneinander unterscheiden können«, genauso ahnungslos bin wie »die meisten Leute« ... Mein Finger ruht auf dem Rücken einer Feuerwanze. Das daneben ...? »Soll wohl eine Motte sein.« Ich murmle: »Dürer«, erwähne dessen »Rasenstück« und setze, als ich das altmeisterliche Aquarell den »potenziellen Urahnen der vorliegenden Bildwelt« nenne, mein wiffzackigstes Kunsthistorikergesicht auf. Um L vom »Frankfurter Paradiesgärtlein« – dem malerischen Humus, der (möglicherweise) Dürers Rasen und (bestätigterweise) Kränzlers Käfermythos gedeihen ließ – zu erzählen, bräuchte ich mehr Zeit, müsste ich die Gurken-Zucchini-Uhr zurück- bzw. meinen Magen umdrehen und die verdauungssaftige, grün-gelb-rosafarbene Pampe abermals in mich reinschaufeln. *Löthainer Aktionismus? Küchensauerei statt Uniferkelei?* Vernünftig, wie ich dieser Tage offenbar bin, packe ich meine Sachen zusammen und verfüge mich in die Garderobe. *Bye, bye Filzpuschen, war nett in euch ...* Zum Abschied gibt's einen kräftigen Händedruck. Dann kehren wir einander die Rücken.

2.

Montagabend.

Ich schlage mein geistiges Geschäftsbuch auf und prüfe die neuesten Einträge, finde »Im Anfang war das Bild: Illustrationen als Movens der Psyche« und »Die Substruktur der Sprache ist bildhaft« in der HABEN-, »Frankfurter Paradiesgärtlein sezieren!« in der SOLL-Spalte.

▷ DEM HERRN DANKEN

Der Dankbarkeitsappell ist

[ ] Ein Mittel, das große starke mächtige Tiere einsetzen, um kleine schwache machtlose Kreaturen daran zu erinnern, dass ihnen ihre sogenannten »Privilegien« jederzeit entzogen werden können
[ ] Hinterfotzige Angstmache
[ ] Ein effektiver Schuldgefühl-Erreger
[ ] Sinnlos, zumal sich Dankbarkeit ebenso wenig erzwingen lässt wie Freude

(Kreuze an und meditiere über die Ursachen deiner Auswahl!)

▷ EINHORN RÄT ZUM ROSENKRANZ

Y: »Oh, wie nächstenlieblich! Das holunderblütenzuckerweiße Einhorn – Star der Skyhigh-Society – gibt dogmatisch-praktisch-gute Ratschläge, erteilt einem B(lau)-Kästler fromme Lebenslektionen!«

X: »Einspruch! Als Hexapode gehört der Käfer, seiner spektakulären Färbung zum Trotz, NICHT der B-Kaste an. Hättest du dein Eintrag »Tiere des Gärtleins« aufmerksam gelesen ...

Y: »Stimmt, da war was ... Mal sehen ... Ah, hier: ›In der singvogeldominierten Paradiesgärtleingesellschaft stellen Kerbtiere eine an den Rand gedrängte Minderheit dar ...‹«

X: »Deutlicher gesagt: Sie sind die Parias des Paradieses: Kastenlose, zum Zertreten / Zerpicken / Zerklatschen freigegebene Outcasts.«

Y: »Oh, wie herzerquicklich! Die Edelkeit des einhornschen Gemüts zeitigt *güteklassige Früchte für unreine Krabbler ohne Kastenangehörigkeit*!«

X (beiseite): »Ich werd' nich schlau aus dem ... Ist er ein vollendeter Zyniker oder 'n verblendeter Volldepp?«

Y (entrüstet): »Zynismus? Volldeppertheit? Oh, wie unschicklich ...«

▷ EINSAME TRÄUME

1.

Auszüge aus Gesprächen mit der großen, himmelweit als »Augenstecherin« und »Todesbotin« verschrienen *Prachtlibelle, deren leuchtend tiefblaues Abdomen hier mit kräftigem Ultramarin wiedergegeben ist,* übersetzt aus dem Präadamitischen von einem feschen, exorbitant sprachbegabten Typen, der aufgrund zu Lebzeiten vollbrachter literarischer Großtaten in die Riege der seraphischen Lammgotteswolleschläger aufgenommen wurde und heuer nur noch dolmetscht, wenn ihm danach ist.

1.1 / Monologe der Prachtlibelle
   (Das Lauschen ist des Dolmetschs Lust!)

1.

»Klein und dick: Darauf steh ich echt nicht ... (Unverständliche Laute) Putzpummel, 6 × 5 Millimeter – ich bin siebenmal so lang, hätte den früher zum Frühstück verspeist ... Früher ... Im Leben vor dem Leben danach ... Am See ... (wehmütiges Seufzen, dann:) Soll aufhören, mir nachzukrabbeln! Faselt was von ›Gemeinsamkeiten‹ – Keine Ahnung, was er damit meint. Ich bin lang, schlank, filigran und effektfarbig, schillere mal blau, mal grün; er dagegen: kurz, dickleibig und uniblau ... Chubby-Bug ... Bestenfalls niedlich ... Der Eisvogel hingegen ... (Tonart wechselt von Verächtlich zu Schmachtend) Ja, *das* is einer! Der könnt' mir gefährlich werden ... Jagt trotz Verbot; behauptet, dass er die Fischlein wieder fallen lässt, sie bloß fängt, um fit zu bleiben, (unverständlich) clean-conscience-fun und so ... Soll glauben, wer will ... Ich hab gesehen, wie er – Halt! Lieber nichts denken, sagen, imaginieren ... Will ihn nicht in Schwierigkeiten bringen ... Gott der Herr hat die Fischlein gezählet: Wenn eins fehlt, wird er's schon merken ... Und Maßnahmen ergreifen? Hoffentlich keine allzu rigiden ...«

II.

»Heute wieder am Wasserbecken gewesen. Versucht, mit Ice (d.i. der Eisvogel, lat. Alcedo atthis, metaph. Fliegender Edelstein, welcher Herrn von Buffon zufolge *der Schönste in unseren Himmelsgegenden ist [...] die Schattierungen des Regenbogens, den Glanz des Schmelzes und die Pracht der Seide aufweist.*) ins Gespräch zu kommen. Hat nicht geklappt. (Gallebitter:) Klar. Bin ja nur ein Insekt...«

III.

»›Wir Kerbtiere müssen zusammenhalten‹, meint der Putzpummel. Rabble-Riot, dann Diktatur des (K)rabbletariats... Herrschaft der Hexapoden: Davon träumt er... Weiß nicht, was ich davon halten soll. Mich hat mein Dasein lang keiner als (K)rabbletier bezeichnet! Teufelsnadel, Quelljungfer, Schillerboldin rief man mich! (Unwilliges Knurren) Und ich sage ›rufen‹, nicht ›höhnen‹: Die Stimmfarben changierten, klangen mal furchtsam, mal bewundernd; (es war) als wollten sie meine Tönung nachahmen, sie in Schall übersetzen... Jetzt ist alles anders... Schlechter... Potz Laubfrosch! Wenn der verdammte Dompfaff nicht wär, würd ich hier oben auch besser dastehen! ›Augenstecherin‹ nennt er mich... Vollkommener Quatsch! Ich hab niemals irgendjemandes Augen angegriffen, wirklich, ich schwör's bei allen Okeaniden! Und was das ›Überbringen von Todesbotschaften‹ anbelangt: Wann hätt' ich das denn bitte machen sollen!? (Gemurmel) Lebenszyklus von 50 Tagen (Gemurmel) Keine Zeit für Botengänge ... Infame Unterstellungen ... Vorgebracht von einem Pfaffen mit Aufpluster-Tick, den eigentlich keiner ernst nimmt. Und genau das ist das Schlimme: Dass das Getschilpe dieser Witzfigur mehr Gewicht hat als alles, was ich sage! (Gedankenvolle Pause) Wenn ich Ice als Fürsprecher gewinnen könnte ... Zu dem schauen die Piepmätze auf! Den respektieren sie! *Wunder gibt es immer wieder:* Mit seiner Hilfe würde ich vielleicht sogar in die B-Kaste aufgenommen werden ...«

1.2 / Miszelle

Fable Fact: Kommt ein Pinguin in den Himmel, wird er zum Eisvogel; fährt ein Eisvogel zur Hölle, wird aus ihm ein Pinguin.

Fromme Fettvögel (»Brave Aves«) tauschen unewiges, klimakatastrophal-schmelzendes Gefrorenes gegen frühlingsfrisches Grün, kohlenstoffschwarze Fracks gegen Kleider, die, je nachdem, ob von vorne oder hinten besehen, rostrot-bisorange oder azurblau schillern. Sündige Fischfänger werden mit Plumpheit gestraft, verlieren ihre Flugfähigkeit und müssen die zerschlissenen, von pietistischen Pinguinen vor Einstieg in den Himmelfahrstuhl achtlos abgestreiften, Kellnerjoppen anlegen. Alsdann watscheln die stummfilmfarben gewandeten Sträflinge in Zweierreihen zum Lake of Icemelt, den sie fortan immerzu überqueren, sprich rüber und nüber, rüber und nüber, rüber und nüberschlittern müssen, wobei sie, ihrer unbeholfenen Plattfüßigkeit wegen, ständig ausgleiten, sich fiese Kontusionen und Frakturen zuziehen. Dass sie in ihrer Qual von scharfzähnigen Seeleoparden – die nicht von ungefähr heißen, wie sie heißen (Seele + O(ffenes Maul) + párdos, pardus, Panther, Parder!) – angetrieben, malträtiert und verlacht werden, versteht sich von selbst.

1.3 / Trialog

Am Wasserbecken: Die große Prachtlibelle und ihre weniger prächtige Freundin (aka »Kleinlibelle«) lassen die Beinchen ins Wasser baumeln. Erstere facettenäugt verliebt zur Ablaufrinne, wo Eisvogel Ice sein vermeintlich harmloses Fitness-Fishing durchzieht; Letztere, die weder Vögel noch Fischerei interessieren, blickt gelangweilt und stumm in der Gegend herum, heftet ihren komplexen Blick erst diesem, dann jenem Pflänzchen an und entdeckt dabei den Käfer, der soeben sein Tagwerk vollendet hat: Begleitet vom Gebimmel der mählich ausschwingenden Maiglöckchen hält er stracks auf die beiden Bells zu.

KLEINLIBELLE: »Krabbelalarm!«
GROSSLIBELLE (zerstreut): »Was?«
KL (ins Maigrüne deutend): »Dein Verehrer ...«
Die Prächtige verzieht die Mundwerkzeuge: »Och, neee ...«
KL: »Ach komm, so übel isser nich ... Gib ihm mal 'ne Chance! Farblich würdet ihr gut zusammenpassen ...«
GL (entrüstet): »Zusammenpassen!? Der Glöckner (von Notre Dame de Paradis) und ich!?«
KL: »Blaue Rücken, die entzücken!«

GL (die Fühler sträubend): »Von wegen Rücken! Einen Buckel hat er, der Putzpummel!«

KL (streng): »Red keinen Unsinn! Ein Buckel ist eine krankhafte Verkrümmung des Rückgrats, die Kuppelform des Käfers hingegen ...«

GL (hämisch): »Zeigt an, dass er *rundum gesund* ist!«

KL: »Stellt ein Paradebeispiel göttlicher Baumeisterkunst dar, deren Ausspottung mit einer Strafe von bis zu 13 Monaten Posaunenpolieren geahndet wird.«

GL (flügelzuckend): »Und wenn schon ...«

KÄFER (den Beckenrand erklimmend): »Heil Heiland!«

KL + GL: »Heil Heiland!«

Man floskelt herum, tauscht Meinungen über die kürzlich angelaufene Werbekampagne des chronisch unterbesetzten Psalter-Vereins aus. (»WE WANT Halle-YOU-ja!: Ein Slogan, dessen militärischer Duktus keinerlei Bezug zum feinsinnigen Spiel der Zartbesaiteten aufweist ...«, so Vollkerl Schmerzensmann vom SCHÖPFUNGSTAGBLATT.)

Aufgrund des ostentativ angeödeten Getues der Prachtlibelle, deren Gesprächsbeiträge so spitz wie kurz ausfallen, kommt das Gespräch jedoch nicht recht *in die Gänge*, gleicht die Konversation eher einem Lücken- als einem Fließtext.

In einer auffallend gedehnten Lücke – durch die zu Pfeifen der heilige Geist ablehnt – zieht der Käfer ein Fitzelchen Papyrus unter seinen Deckflügeln hervor. Sichtlich nervös überfliegt er den dicht bekritzelten Fitzel und räuspert um Aufmerksamkeit.

KÄFER: »Hrm, Hrm! Ich ... hrm! Ich hatte letztens eine Idee und ... Naja ... Wenn die Damen Interesse haben, könnte ich ...«
KL (spickt in den Kritzelfitzel): »Ist das ein Gedicht?«
KÄFER (bescheiden): »Es Gedicht zu nennen wäre zu viel der Ehre ... Es ist ganz simpel aufgebaut ... Wie Kinderlieder oder Abzählreime ...«
GL (halblaut singend): »*Escarabajo, Escarabajo, ya no puede inventar / Porque not tiene, porque le falta ...*«
KL (feldwebelartig): »Du! (Sie deutet mit dem Fühler auf die Singende) Hör sofort auf solchen Unsinn zu intonieren! Und du! (Ihr musivischer Blick springt dem Käfer ins Gesicht) Unter-den-Scheffelstellerei ist Sünde! Also raus damit!«
KÄFER: »Entschuldige. Ich wollte nicht ...«
KL (abwinkend): »Ich weiß, ich weiß! (Ihr dornenbewehrtes Vorderbein dolcht in die Aura des Papyrusfitzels) Wovon handelt es?«
KÄFER: »Von einer Gaststätte.«

Groß und klein, prächtig und schmächtig, blicken komplexperplex.

KÄFER: »Genauer gesagt: Von einer *exklusiven Einkehrmöglichkeit zum profanen und sakralen Wohle der Kerbtiergemeinschaft* respektive einer Lokalität, in der man sich *zu vielen versammeln oder innerlich sammeln* darf ...«
KL: »Name?«
KÄFER (errötend): »Ich dachte an ›Käfer-Schänke‹, weil ... Nunja ... 7000 m über München und ...«

KL (begeistert): »Mia san mia!«

GL: »Eine machtlose Kleinstpartei ...«

KL (unbeirrt): »Edens Erster Insektenclub!«

GL: »Tz. Was soll dieser ›Club‹ denn machen? Das Roter-Oktoberfest ausrichten? Hauptattraktion *Hau den Hierarchen*? Abschluss-Event *Proklamation – Chitin-Klopps nagelt aprilfrische Thesen an die Gartenpforte*!?«

KL: »Einhornhufnägel! Wir müssen Einhornhufnägel benutzen!«

GL: »Nutz lieber mal dein Hirn! Die Sache ist aussichtslos ...«

KL: »Reality comes from utopia ...«

GL: »Und eternity von dogmatia, which is why nothing ever changes.«

KL: »Alte Defätistin ...«

GL (leise): »Wirres Il-Pappa-la-Papp ... Stinkende Pontifäzes ... (lauter) Afterlife is Bullenshit!«

KL: »But shit goes on!«

GL: »Ja, immer vorwärts! Dem Schlachtfeld von Armageddon entgegen! (Sie schüttelt den Kopf) Wir sind nichts als Dämonenfutter ...«

KL (sich die Ohrlöchlein zuhaltend): »GlaubeLiebeHoffnung, GlaubeLiebeHoffnung, GlaubeLiebeHoffnung!«

GL: »Whatever ...«

Alsdann wendet sich die Prachtzynikerin dem Käfer zu, entzischt ihren Mundwerkzeugen ein gönnerhaft-genervtes »Jetzt lies schon!«

KÄFER (der, dieweilen GL und KL diskutierten an seinen »simpel aufgebauten Versen« herumgebastelt hat): »Aye, aye,

Madam! Also: Der Titel lautet *Zum kleinen Gasthaus* ...« (Er hält sich den Fitzel vor, seine Vorderbeine zittern leicht): »Dort steht ein Gasthaus weiß und fein, *Zur Lilie* ist's geheißen ...«

GL: »Nicht *Käfer-Schenke*?«

KÄFER: »Ich dachte, das gefällt dir nicht?«

KL: »*Zur Lilie* ist gut: klassisch-schlicht und ...«

KÄFER: »Hoffentlich auch faktisch zutreffend! Wenn der allvermögende Lilimmobilienbesitzer es verbietet, muss ich mich nach was anderem umsehen ...«

KL: »Ungelegte Eier. Fahre fort!«

KÄFER (nochmal von vorn beginnend): »Dort steht ein Gasthaus weiß und fein, *Zur Lilie* ist's geheißen / Da kehren alle Kerflein ein, wenn sie vorüberreisen ...«

GL (kopfschüttelnd): »*Alle* ... Momentan sind wir zu viert ...«

KL: »Pssssst!«

KÄFER: »Ein Käfer ist der Wirt im Haus, bedient die feinen Gäste / Sie sehen wunderlieblich aus (geschmeicheltes Grinsen seitens der Libellen), er sorgt für sie auf's Beste! (Großlibellas Gesichtsausdruck wechselt von selbstgefällig zu skeptisch) Doch können Kerflein-Augen nur den Lilien-Käfer sehen / Die Engel sehen keine Spur, wenn sie vorübergehen ...«

GL: »Wieso ist das wichtig?«

Der Dichter bleibt ihr die Antwort schuldig, gibt sich *unbeirrt* und liest weiter: »Das Kerflein kehrt im Gasthaus ein / mit Summen und mit Grüßen: / ›Herr Wirt, Herr Wirt, ein Schöpplein Wein, von eurem neuen, süßen!‹«

KL (schmachtend): »Utopia fraus: A Viertele Lilliesling ...«

GL (nicht minder sehnsüchtig): »Amen, sister, Amen!«

KÄFER: »Da zapft der Wirt ein Schöpplein ab und reicht's dem lieben Kunden: / ›Hier, nehmt vom besten, den ich hab, er wird euch sicher munden!‹«

GL: »Gibt's auch was stärkeres? Primelpisco? Kornblumenkorn?«

KL: »Sind doch prohibiert!«

GL: »Schon; aber zu besonderen Anlässen …«

KL (matter-of-factish): »Solange der Weißling seinen Nektoholkonsum nicht im Griff hat: ausgeschlossen.«

GL (beleidigt): »Ich dachte, es geht darum, eine Vision zu entwickeln? Das Nektoholverbot gehört abgeschafft, is 'ne höllenschreiende Ungerechtigkeit!«

KL: »Immerhin ist's nicht in Stein gemeißelt, gilt also nur für …«

GL: »UNS! Die Spreu vom Weizen, Cream of the Crap!«

KL (demütig): »Es wurde nicht zu unserem Schaden erlassen, ist als Solidaritätsmaßnahme aufzufassen, die …«

GL: »Dem versoffenen Weißling auch nicht helfen wird! Verdammter Fusel-Falter! Eher wird Leviathan Vegetarier als dass der seine Sucht besiegt! Ach, was reg' ich mich auf? Lies weiter, Käfer!«

KÄFER: »Das ist ein Trunk, der mir behagt, der kann den Krabbler laben! / Nun macht die Zeche mir und sagt, was wollt ihr dafür haben?«

KL (beiseite): »Auf Marias letzter Gartenparty kostete der Schoppen 12 Aves …«

KÄFER: »Da lacht der Wirt: ›Das lass nur sein, hier wird kein

Wort genommen! / Hat's euch geschmeckt, kehrt wieder ein, ihr seid mir stets willkommen!‹«

GL: »Eher reitet Mohammed auf einer Sau, als dass ein Utopist vernünftig wirtschaftet ...«

1.4

Eine Anzahl schicksalsträchtiger Ereignisse später erlauscht der geniale Translator folgende Selbstgesprächsfetzen:

»Dass er die Schanklizenz nicht gekriegt hat: Das hat ihn fertig gemacht! Danach war er ... Nicht mehr derselbe? Zu sehr er selbst? Irgendwie beides ...«

»Ob es sowas wie einen ›Sehnsuchtplexus‹, ein super-empfindliches Geflecht im Zentrum des Gemüts, gibt? Ich denke, ja ...«

»Die Absage ... Das rigorose, unanfechtbare ›Nein‹ zum Liliengasthaus war ein Schlag, ein vernichtend präziser Hieb in des Käfers Sehnsuchtplexus ...«

»*Die Lilimmobilie befindet sich in unmittelbarer Nachbarschaft zur Ackersenf-Anlage – einer Gartenecke, welche K. Weißling, der seine gesamte Raupenheit im Ackersenf verbracht hat, bekanntermaßen besonders häufig aufsucht ...*« Die Beteuerungen des hicksweißdasshicksnixweißen Taumlers, das Gasthaus werde ihn *bestimmt nicht in Versuchung führen*, er kenne inzwischen sein *Limit*, trinke *allenfalls am Wochenende mal ein Schöpplein* etc. pp. stießen auf ungnädige Ohren: Sein Geist sei willig, sein Chitin jedoch nach wie vor zu schwach, urteilte der allmächtige Seelenscanner. Fürderhin sei klar, dass ein *brummender Laden* die Konzentration der unweit der Lilie unter Leitung des Erzengel Michaels meditierenden Heiligen *massiv beeinträchtigen* würde ...

»Es kam aber auch alles zusammen: Der brutale Rotkehler *constantly picking on him*, die Ice-kalte Abfuhr, die ihm die Prachtlibelle erteilt hat ... Dass Gott diese allzutierlichen Angelegenheiten nicht interessieren, muss man akzeptieren – aber es gibt schließlich auch noch andere Autoriäten! Oberwachtrössler Einhorn zum Beispiel ...«

»77 Mal hab ich ihm gesagt, dass er zur Einhörnerei gehen und Anzeige erstatten soll: *Die werden den Rotkehler schon zur Raison hufen,* dachte glaubte hoffte ich ... Er wollte nicht; meinte, er habe keine Lust *wie ein Dämel von Monoceros nach Rhinoceros zu laufen* und schlussendlich doch bloß wieder eins drauf zu kriegen: ›Das Hornvieh hat mich oft genug gepeitscht!‹; ›Lieber die Picke vom Roten als dieses herablassende Gewihihier!‹; ›Hypokritische Huf-und-Dienstabzeichenträger können mir gestohlen bleiben!‹: Sätze, die er oft gesagt hat ...«

»Weshalb er so 'n Hass auf die Behuften schob? Inzwischen weiß ich's ... *Schwirr ab!,* hieß es, als ich den Verlust (oder Diebstahl?) meiner Flugerlaubnis melden wollte. *Verzeihung, aber der Gesetzgeber verbietet mir Schwirren ohne Flugerlaubnis:* Hätt ich mir lieber verkneifen sollen, die Bemerkung: Mein Thorax brennt jetzt noch von dem Schweif ...«

»Empathie-Wettrüsten, begleitet von Posaunenschall: *Ja, da geht's So-li-da-ri-tä-tä-tä-täräääää!* Jeder will der Feinsinnigste, Umsichtigste, Nächstenliebste sein – Und was kommt dabei heraus? Dass die Glocken nur noch vorschriftsmäßig bim-bammten, Marias Auftritte nicht mehr von barocken Melodien akkompagniert wurden, ist jedenfalls keinem aufgefallen! Von den schludrig polierten Beeren, deren angelaufene Oberflächen scharfe Selbstbetrachtungen verunmöglichten, und sukzessiv schmuckloser dastehenden Blumenhäuptern ganz zu schweigen!«

»*Beim Barte des Samuel! Die Rosen funkeln furioser als König Davids Kronjuwelen!*, soll Christus ausgerufen haben, als er dereinst vorüberwandelte. Keine Ahnung, ob historische Tatsache oder Am(m)enmärchen ... Spielt aber auch keine Rolle, ändert nichts an der Zutrefflichkeit des Vergleichs ...«

»Schrecklich und faszinierend zugleich: die Korrelation zwischen dem Prachtschwund der Rosen und der Käferschen Gemütsverfinsterung ... *Beim Schorfe des Aussätzigen! Der Rosenschmuck gleicht den Murmeln eines Schmuddelkindes,* hätte einer rufen sollen ... Hätte hätte Unheilskette: Auf A(rges Ach) folgt B(raches Blatt) folgt des Cäfers catastrophales Cismet ...«

»Den anderen scheint er nicht zu fehlen ... Mir schon.«

1.5 / Transzendentales Translatortreffen
    (Dolmætch made in heaven!)

Wolleklopper HANS: »Der Ton, in dem sie ›Manchmal vermisse ich ihn‹ hinzufügt, lässt darauf schließen, dass sie das Adverb nicht im modernen Sinn verwendet ...«
Wortschmiedemeister ARNO (nickend): »Mannigmal, sie meint mannigmal ...«

H: »Beziehungsweise vielmals, oftmals, häufig, dauernd!«
Schmiedemeister A mhmt bejahend, zückt einen Zettel und notiert »Idee: LIBELLEI – Arthur Schnitzler-Rip off mit hexapodischen Hauptdarstellern!«
H: »Arme Kleene ... Ob sie drüberwegkommt?«
A: »Trostlos zu sein ist Liebenden der schönste Trost ...«

Synchrones Seufzen, dann gehen sie ab: dieser ins Abraham-Archiv, jener in die Heillandesbibliothek.

▷ LUZIUS

Andernorts auch Ludzius, Ludzi oder Ludl.
    Hinweis: Neusten philologischen Untersuchungen zufolge besitzt das gaunersprachliche »Lude« eine doppelte Wurzel, geht die Bezeichnung im süddeutschen Sprachraum nicht auf *Ludwig*, sondern auf *Luzius, Ludzius, Ludzi* zurück.

▷ MUNKELEIEN

1.

Aus Gründen, deren ausführliche Darlegung potentiell-ruinöse Rechtsstreitigkeiten nach sich zöge – der Leser möge mir mein Schweigen nachsehen und lustig drauflosspekulieren –, zücke ich mein Phone, wische mich zum bös verschwommenen Screenshot einer Armbanduhr durch und sage: »Ich denke, es ist eine Oyster Perpetual Datejust 31 ...«

»31 mm? Das ist eine Frauengröße!«, unterbricht mich Uhrmacher T, »Männer tragen 36 oder 42 Millimeter ...«

Alright, also eine Datejust 42 aus 18-karätigem Gelbgold, deren Diamant-Lünette und champagnerfarbenes, gleichfalls diamantbesetztes Zifferblatt das Auge becircen.

Armband?

T studiert den Shot, sagt: »Das ist ein Jubilee-Band.«

»Kein President?«

»Nein. Das President-Band ist dreireihig, dieses hier ist fünfreihig.«

Ich zähle die Metallelemente der optimalen Tragekomfort bietenden Handgelenkpreziose: T hat recht, es sind fünf.

1.1

Kratzfestes Saphirglas, Zyklop-Lupe zur Vergrößerung des Datums und die Frage, was diesen Schmelz, dieses perlmuttige Schimmern des Zifferblatts erzeugt. »Radialschliff«, expliziert T. Eine »spezielle Bürsttechnik« effiziere eine Vielzahl feiner Rillen, die von der Mitte des Zifferblatts her »ausstrahlen«.

Licht, das an Einkerbungen entlangfließt. Reflexionen. Galvanoplastik. Abschließender Lacküberzug: Die »vernünftige Erklärung« des zauberischen Glimmerschimmers ist mir unangenehm, die Unangenehmlichkeit eine spezielle Unbefriedigtheit, die aus der Mitte meines Hirns strahlt und die Situation ins Licht der unsatisfaktorierten (und daher übellaunigen) Erkenntnis taucht: Wann werde ich es endgültig satt haben, Fragerunden zu drehen, deren Endpunkte mit den Ausgangspunkten zusammenfallen; mich aus Unlust, ein weiteres Mal zur Einsicht zu gelangen, dass subjektive Wahrnehmung ein Ding der Unerklärlichkeit war, ist und bleiben wird
- entleiben

oder
- auf andere, bis dato unerfundene Weise aus der Sprache verabschieden?

Ausstieg aus dem Symbolischen / verlassen des Sprachspieltisches qua Psychose? Hielt ich einst für möglich ... Inzwischen weiß ich, dass es nicht funktioniert, man sich im Rahmen einer Psychose mit denselben Zeichen herumschlagen muss wie im sogenannten Normalzustand, der Unterschied lediglich darin besteht, dass man sie (die Zeichen) nicht mehr (einigermaßen) regelkonform, sondern vollends idiotisch auslegt.

Apropos Idiotie: Dieweilen ich dazu übergehe, halblaut über innerhalb-der-Literatur-existierende Uhrmacher nachzudenken (abgesehen vom volksmärchenhaften Uhrmacher

Juschkin und Lewis Carrolls verrücktem Karnickel fällt mir keiner ein), lässt T, der vorlieblich Bücher wie »Die Feinstellung der Uhren – Ein Anleitungs- und Nachschlagewerk« liest, den Titel »Clockwork Orange« fallen.

»Clockwork Orange?«, echot mein Mund, »Da kommt kein Uhrmacher drin vor ...«

Oder doch?

Dem verdammten Gedächtnis ist nicht zu trauen ...

▷ RABENSCHWARZE AUGEN

1.

Als ich in Luzius' glimmende Galgenvogelaugen schaue, hat er mich, will ich wissen, wer er ist ...

1.1 / Vom Herkommen des dreggada Lombabua

Luzius Gebhard, im Oberland auch »Liagaluzi« oder »Luzifex« genannt, Sohn des Räubers Ulrich »Urle« Hohenleiter und seiner Gefährtin Agathe Gebhard, geboren am siebten Siebten eines durch sieben teilbaren Jubeljahres in einem Wald bei Biberach, gestorben am Mariä-Himmelfahrtstag eines mythenträchtigen Trubeljahres in Wangen im Allgäu.

1.1.1 / Em Lombabua sein Vaddr

Zeitzeugenaussagen nach war Urle »mindeschtens so schlimm, wenn it schlimmer« wie / als sein älterer Bruder Xaver, welcher als »Schwarzer Veri« in die schwabenländliche Kriminalgeschichte einging. (Notiz: Die Vergleichskonjunktionen wie und als sind im Swabia-Slang beliebig austauschbar.)

Der Kunstmaler P bescheibt ihn (Urle) als »groß und schlank, mit einem Zug um den spöttischen Mund, welcher die Welt und ihre Ordnung verachtete«. »Das Verbrechen«, so P weiter, »war seine Lust ...«

1.1.2

»Künstler und Verbrecher sind doch Weggefährten; beide sind ohne Moral, verfügen über eine verrückte Kreativität, nur getrieben von der Kraft der Freiheit«, deklamiert Kupfererzengel Beuys. (Hauch-Couture: Sein stukagrauer, mit fetten Regentropfen gefütterter Wolkenumhang ist ein preisloses Einzelstück.)

1.1.3

Kunst im Knast: Als Hohenleiter & Co. in Biberachs Hochsicherheitskerker »Ehinger Turm« einsaßen, erbettelte P sich die Erlaubnis, die Räuber besuchen und abzeichnen zu dürfen.

Auf Basis seiner im Tower of Beaverbrook angefertigten Skizzen entwickelte er später das Porträt »Böser Urle«, welches zu seinen wichtigsten und beeindruckendsten Werken zählt.

1.1.4

»Böser Urle«, Öl auf Leinwand, 140 × 120 cm.

Ein markantes Räubergesicht: Ocker, Umbra und Sienatöne, von denen sich das lebhafte Weiß der Augen scharf absetzt ... »Pistole, Dolchmesser und ein gewichtiger Knotenstock fehlten ihm nie!«, vermerkte P auf der Rückseite einer Böser-Urle-Studie. Die Präzision, mit der die genannten Gegenstände auf dem Porträt abgebildet sind, riecht nach Camera Luzida. (Der Mythos des allvermögenden Malers ist Kunstmannsgarn: Indem P behauptet, er habe niemals optische Hilfsmittel verwendet, nutzt er den schimmernden, aus (ver)blendend weißen little lies gedrehten Zwirn zum Reputationserhaltungszweck. [Die Autorin hält dies für legitim, notiert »fake it till you make it« und »Real, irreal, scheißegal: Die Lüge ist eine Laune der Wahrheit«.])

1.1.5

Halten wir also fest: Der Bursche, an den Mariens Gärtleinpfleger gerät, ist kein gewöhnlicher Hanswurscht oder Hinzschpeck, Kunzblonz oder Kaschperknacker, Sepplsoita oder Jocklschinka, sondern der Neffe jenes Räuberhauptmanns, dessen Namen eine bundeslandbadenwürttembergweit bekannte Narrenzunft im Jahre 1970 annehmen und aktuellen Prognosen zufolge *ad ultimo* behalten wird.

1.1.6

»Die Mitgliedschaft in der Schwarze-Veri-Zunft wird durch schriftliche Beitrittserklärung erworben, sofern der Zunftrat seine Zustimmung gibt. Zur Aufnahme bedarf es einer Zweidrittelmehrheit. Die Abstimmung wird in geheimer Wahl durchgeführt. Möchte ein Sohn eines Zunftbruders in die Zunft eintreten, ist eine geheime Wahl nur erforderlich, wenn ein Zunftbruder gegen diese Aufnahme Bedenken äußert ...«

Wer das liest und daraufhin 'n Aufnahmeantrag stellt, beweist, dass er über den in den Zunftstatuten geforderten »närrischen Geist« verfügt – na, sei's drum: Die Närrischen und die Obernärrischen zu richten ist Jahwe Juniors Sache, nicht unsere ... Erzähl lieber was von Luzius' Mutter! Wie hieß sie noch gleich?

»Agathe Gebhard.«

Alter?

»Dreiundzwanzig.«

Was!? Aber der Urle war doch erst 18!

»In alten Mörsern stößelt sich's gut«, sagte der Zunftmeister zum Kämmerer und bestellte noch zwei Halbe.

»Leibinger oder Ravensburger Bürgerbräu?«

Isch g'hupft wie narrag'schprunga.

»Sagte die Bierbanausin ...«

Die mehr über Agathe erfahren will!

»Na schön: Also: Urles Gefährtin war kurz und dick ...«

Dürfte demnach bei einer Körpergröße von 155 cm rund 67 Kilo auf die Waage gebracht haben ...

»Du vergisst, dass die Leute damals kleiner waren: Im 19. Jahrhundert maß die deutsche Durchschnittsfrau gerademal 151 cm!«

Einspruch angenommen. Historisch wahrscheinlicher sind 147 cm, 57 Kilo und zunftmeisterlich zünftige Statements wie »Em Urle sei Gschbusi war g'schtumpet ...«

»Und dampfnudeldick! Dazuhin besaß sie aufgeworfene Lippen ...«

Schlauchbootschnute? O wulstige Wonne!

»Wuchtbrumme Agathe: das Bild roher Sinnlichkeit.«

Bei derra legsch di nieder – wieder und wieder! War sie blond oder braun?

»Die Locken, die unter Agathes schwarzer Gimpenhaube hervorsprangen, hatten die Farbe von Haselnussnougat.«

Ich bin hin.

1.1.7

Zutaten für brünette Dampfnudeln ohne Kirschgrütze oder Vanillesauce:

0,5 Würfel Hefe, 60 g Zucker, 250 ml Milch (lauwarm), 100 g Butter, 2 Eier, 500 g Mehl, 2 EL Kakaopulver, 1 Prise Salz.

Zubereitungsanleitung auf Anfrage.

▷ GOLD

Rolex sei der größte Goldverbraucher der Schweiz, eine Oyster-aus-dem-Alpenland, definitiv eine gute Wertanlage: Befände man sich je in einer Notlage – Beispiel: Ich will aus einem als »Krisengebiet« eingestuften Weltteil ausreisen: Die Beamten Soldaten Milizionäre Rebellen Terroristen am Flughafen geben mir zu verstehen, dass ich, um den Rückflug antreten zu dürfen, überzeugendere Argumente vorlegen muss als Pass und Rückflugticket ... –, könne man »in Rolex« zahlen, zumal die Uhren seit Jahrzehnten eine Art »globale Währung« darstellen. Die Nachfrage nach den luxuriösen Zeitanzeigern sei »exorbitant hoch, der Hunger der Käufer unstillbar«, so T.

Zeit(m)esser, Zeitfresser ...

»Die Produktion kommt nicht nach«, führt T weiter aus.

Gier essen Zeit, Geld, Seele auf.

Fazit:

Mein zerschlissener Handgepäckskoffer-mit-defektem-Griff ist kein international anerkanntes Zahlungsmittel.

Fazitäre Fiktion:

Krisengebietsflughafen-Kerle, die, ihren obszönen, von Zungenschnalzen und Lechzblicken begleiteten Handgesten nach, auch Naturalien akzeptieren.

▷ SCHIFFE, REICHE, STERNE

Die große Welt entstammt der kleinen Welt, der Schädelklause, Hirnhütte, Kopfkemenate, in der's ridikulös rumort, die Worte dermaßen ratatattern, dass ich T kaum höre, seine Ausführungen bloß brückstückhaft mitbekomme ...

»Mechanische Uhren ... Automatischer Selbstaufzugmechanismus ...«

Augen auf! Watch the clock – WERK ORANGE! KEIN UHRMACHER IN CLOCKWORK ORANGE, *ganz sicher nicht sicher, sicherlich unsicher:* ZWEIFEL *Anthony Burg*ESSEN SEELE AUF!

»Dann, in den 70er Jahren, die Quarzuhrenkrise ...«

Kubricks kontroverse »Clockwork Orange« Movie Adaption erschien 1971.

»Konnte Rolex nichts anhaben ...«

Alex trägt ein stützstrumpffarbenes, von reißfesten Hosenträgern gehaltenes Suspensorium: Tritte ins Gemächt können ihm nichts anhaben!

T dreht das Vorführmodell um, sagt »Bubble Back« und dass die (von Bubble Billy mundgeblasenen?) Uhrenböden früher (sogar noch) stärker gewölbt waren als heute ...

Bubble Sackhalter: blasenhafter Eierbecher aus Kunststoff. Dazu eine schwarze Melone aus Wollfilz und apartes Augen-Make-up ... à part; a part: einzeln, separat, gesondert, beiseite, beiseitig, einseitig: ein Auge geschminkt, eins Make-up-free: Hebt die Ungleichheit der Gesichtshälften hervor; betont die

Schiefheit der Verbrechervisage! Schief ... Was is schief gelaufen, hat dich so abartig apartig werden lassen? Schräg kostümierter Horrorshowman: quält und wird gequält ...

»Zuweilen arbeite ich mit den Behörden zusammen, prüfe konfiszierte Uhren auf Echtheit ...«

Probation Officer Mr. Deltoid verhört Alex: »Are you now or have you ever been a homosexual?« Of course not. Horror-Alex ain't no fairy fag flamer fruit grapefruit rapefruit Magenschmerz Mösenschmerz; Pein, die von unten her ausstrahlt; gesäte Grausamen, die reifen wie Orangen unter Spaniens Sonne. Sonne macht glücklich. I'm gay as the sun.

If you crave gaiety, move to a Sunshine State and let someone squeeze your orange!

»Juwelier ... Trickdiebe ... Eine Uhr im Wert von 24.000 € ... Erst abends, bei Geschäftsschluss, bemerkt, dass was fehlt ...«

Who does the trick?

»Have you ever been tricked into gaiety by someone who's queer as a clockwork orange?« »Leider nicht ...«

▷ GIERIG GREIFEN

Defensivphänomen »Reflexbluten«: Werden Marienkäfer angegriffen, sondern sie einen »widerlich stinkenden, abscheulich schmeckenden Saft« (Zit. n. aggressivem Fressfeind) bzw. ein »rötliches, zuweilen aber auch gelblich oder bräunlich gefärbtes Wehrsekret« (Zit. n. neutralem Beobachter) ab. Dieses spezielle, von allzeit verteidigungsbereiten, in den Kniegelenken der Tierchen sitzenden Drüsen produzierte Fluid enthält giftige Alkaloide. *A good defense ain't always the best offense:* Im vorliegenden Fall brachte das Toxikum nicht die erwünschte »unmittelbar abschreckende« Wirkung zustande, konnte die Ausscheidung, die jahrhundertelang für Kot oder Urin gehalten wurde, den Griff des Angreifers nicht lockern.

▷ TORWEG

Ich bin der Torweg, die Blindheit und das Begehren; niemand kommt zum Vater außer durch mich. (Joschinderhannes 14:6)

▷ GAUNER

Ort: Uhrmacher Ts Werkstatt. Personen: Werkstattbesitzer T und Werkstattbesucher K, who would love to be tricked into gaiety by someone who is *queer as a clockwork orange.*

T: »Damals auf der Uhrmacherschule ... Einer meiner Lehrer stammte aus Hamburg und hatte ... gewisse Kontakte ... Wurde regelmäßig von Pokerspielern aus dem Bett geklingelt – Man muss schließlich wissen, wie viel eine gesetzte Uhr wert ist!«

Inscrutable as a clockwork pokerface.

»Erzählte während des Unterrichts von einer ›Tigerlilly‹, die er in seinem VW-Käfer vernascht hat ...«

Loony as a clockwork Lily.

»›Linkes Beinchen, linke Schlaufe, rechtes Beinchen, rechte Schlaufe‹, hat er immer gesagt – und ich, fünfzehn Jahre alt, saß da mit roten Ohren ...«

K: »Moment! Wie lief das? Was für Schlaufen? Meinen Sie die Haltegriffe am Dachhimmel? Wenn sie ihr rechtes Bein in den Beifahrer-Haltegriff fädelt, kommt sie mit dem linken doch niemals bis zum Fahrergriff!«

T googeliert, startet die Bildersuchaktion »Käferschlaufen«. Die Fotografie eines VW-Käfer-Rückraums schafft Klarheit:

»Ah, ok, verstehe!«, so K. »Sie saß in der Mitte der Rückbank, hatte den rechten Fuß in der rechten Dachhimmelschlaufe, den linken in der linken ... Super!«

Funny as a VW-Werk-Casanova – Das gefällt! (Ich vergebe exakt-symmetrische Herzen in den Käfer-Originalfarben taubenblau, kirschrot und eidechsengrün. [Notiz: In Wolfsburg anrufen. VW-Käfer-Sondermodell in Mariens-Käfer-Originalfarbe »azurro ultramarine« fordern.])

»Er (der Tigerlilly-Vernascher) war übrigens Raucher«, erinnert sich T. »Weiß noch, wie er neben meiner Bank steht, mir beim Arbeiten zuschaut und ich ihn schüchtern darauf aufmerksam mache, dass gleich die Asche von seiner Kippe bröseln wird ...« Herr Tigerliliebhaber habe daraufhin bloß frech gegrinst und die Asche abgeschnippst: »Einfach so! Auf den Klassenzimmerboden ...«

Ich vergebe ein aschgrau lackiertes Herz – Ein Fehler, zumal sich beim Nachschlagen in dem vokabelheftformatigen VW-Original-Lacke / VW genuine lacquers-Bändchen herausstellt, dass die Wolfsbürger lediglich grau, beigegrau, lichtgrau, grau-weiß, fels, kiesel, shetland, delphin und möwengrau im Programm hatten. Möwengrau: Passt zu Hamburg! Und wer weiß, ob die Tigerlilly nich 'n Delphin-Tattoo auf der schönen Schulter trug ...

Im Gegensatz zum hanseatischen Uhrmacherlehrmeister seien die Würzbürger, unter denen Uhrmacherlehrling T eine Ausbildungszeitlang lebte, »brutal zugeknöpft« gewesen. »Und die Württemberger, also, die Schwenninger, die sind genauso! Sagt man ›Sex‹, kriegen sie 'ne rote Nase!«

Cherry (L59), poppy (L54), pelikan (L259) oder paprikarot (L452)?

Villingen-Schwenningen: Doppelkaff, in dem Feinmechanikfex T die Uhrmachermeisterschaft erlangte und dessen

Bewohner der in seinem Württemberger-Stolz leicht gekränkte Wortfex K nicht als Württemberger bezeichnet. Das Zurückhalten des Ausrufs »Das sind Schwarzwäldler!« sei ihm nur dank des spontan einsetzenden Grübelns über den Unterschied zwischen zugeknöpften Rotnasen und rotohrigen Fünzehnjährigen gelungen, so K.

▷ SPALT

Anekdote aus des nimmerprüden Uhrmachlehrmeisters Hamburger Jahren: Eine Lady betritt seinen Laden (d. i. ein Uhren-, Schmuck- und Werweißwasnoch-Geschäft) und ersteht ein Geschenk für ihren Mann.

»Ein Armband ... Sie kennen diese Panzerkettchen mit Emblemschild?«, fragt T.

Zweimal Nicken: Meins bedeutet »Ja«, Ts »Gut«.

»So eins hat sie gekauft ... Und auch gleich gravieren lassen ...«

Kunstpause mit zweierlei Mimik: hier Schelmengrinsen, da »Nun sag schon!«-Blick.

Der Wortlaut der Gravur habe »GLÜCK IST EINE ENGE MUSCHI« gelautet, verrät T und lacht.

»Viel Text für so 'n kleines Schild«, sage ich und betrachte mein Handgelenk, denke *Panzerkette: Je fetter desto besser / Fettkette, Flutschmöse / extrabreites Band für superenge Muschi / Anzahl gravierbarer Buchstaben als Wertkriterium: Soundso viel Karat Gold + soundso viel mm² Gravurfläche = soundofmusic, I go to the hills when my heart is lonely, soundofmoney, greatest hits, stop steppin' on my heart, two tickets to paradise, walk on water, wasser, flow, cashflow, zurück zur Rechnung, x Karat Gold + x mm² Gravurfläche = soundso viel Euro Dollar Franken Pfund Yen etc. pp. / Wie viel wiegt ein Panzerketten-Emblemchen Schildchen Märkchen? / Wenn ich zum Goldschmied Salomo (auf der Königsbrücker, kennt mich schon) gehe und ihn bitte, das Emblem eines von mir in einem namenlosen Hamburger Uhren-, Schmuck- und Werweißwasnoch-Geschäft erstandenen Armbands mit dem Glücksmuschitext zu versehen, das Gravierte sodann in ebenso viele Teile zu zerschneiden wie der Text Buchstaben hat (sprich 22) und selbige auf die Goldwaage zu legen (M = X mg, U = Y mg, S = Z mg usf.), wobei all diese Handlungen selbst(un)verständlich in meinem Beisein vonstatten gehen müssen. Wie wird er reagieren? Amüsiert? Irritiert? Was, wenn er nicht nur 'ne Alarmklingel (»Hilfe! Überfall!«), sondern auch 'n Nervenarzt-Button (»Hilfe! Psychotiker!«) hinterm Tresen hat? Peculiar as a clockwork pussy: Salomo's Double-Button ...*

»Es muss sich für dich auch rentieren morgens aufzustehen«, sagt T, woraus ich schließe, dass das Gespräch, dieweilen 98 % meines Ichs Goldschmied Salomo belästigten, eine neue Richtung genommen hat und nun der Wert oder Unwert der eigenen künstlerischen bzw. feintechnischen Leistungen zur Debatte steht.

»Wenn ich mit Hartz IV mehr verdiene ...«

Unser Herr Jesus besaß keinen Geldbeutel / The road to

paradise is pebbled with unsold paintings / Little Garden of Paradise, 1410/1420, betrachtbar im Frankfurter Städelmuseum, Eintritt 14 € ...

»als durch meine Arbeit, dann ...«

Eher karavant eine Horde Kamele durch ein Nadelöhr, als dass ein Krösus ins Reich Gottes gelangt / Glück ist ein enger Hortus conclusus / eng schmal lütt / kleine Lüt passen durchs Öhr / Ich sehe die miniatürlichen Figuren: Weiber, Weltretter, Erzengel, Singvögel, Kerbtiere, Untiere, Obstbäume, Duftblumen, Heilpflanzen, musikalische und unmusikalische, gläserne und hölzerne, gebundene und geschnitzte, getünchte und gegossene Gegenstände vor mir (Bildgedächtnis: Eintritt 0 €) / Ein Bonze im beschlossenen Garten? Well, that would be ... Strange as a clockwork strawberry! Crazy as a clockwork cherry! (cherry red, VW-Original, L 59) Absurd as a clockwork apple! Rare as a clockwork rose! Alien as a clockwork archangel! Mad as a clockwork martyr and/or messiah! Gaga as a clockwork Geezus – Deutsch? »Jeck wie 'n Uhrwerk-Jesus!« Unlikely as a clockwork lizard (For sale: Extraordinärer Polyurethan-Abguss einer tot-auf-dem-Rücken-liegenden Paradies-Echse, lackiert in wolfsbürgerlichem lizard green (L 317) (Titel: Dead Dragon of Paradise)! Daft as a clockwork dove, dove blue, L 31? Leider nein, zumal sich unter den 12 Vertretern je unterschiedlicher Vogelarten, welche der Oberrheinische Meister in seinem Gärtlein untergebracht hat, keine Taube findet ... Dafür 'n hübschbauchiger Dompfaff, engl. Bullfinch ... Ein Bonze im Paradies: Bizarre as a clockwork bullfinch! Dompfaff Blutfink Gimpel, Pyrrhula pyrrhula, Düh-Düh, Büt-Büt! Weird as a –

»Für eine Stunde Kundengespräch berechne ich normalerweise 65 Euro«, so T.

»Ich habe kein Bargeld dabei«, so ich.

▷ POLIEREN

»Gleicht dein Gewissen einem Igel, wiener die Beeren blank wie Spiegel!«

▷ VERBOTENE LUSTBARKEITEN

Abgesehen von 40 truthahngroßen Blattläusen nimmt der Durchschnittszweipunkt täglich 2–3 Tropfen (d. s. 100–150 Mikroliter) Wasser zu sich. Davon ausgehend, dass 3 Tropfen das selten erreichte Optimum darstellen (»Jeder dritte Zweipunktler trinkt zu wenig!«, so der Vorsitzende des Deutschen Koleopterologenverbandes besorgt.), notiere ich:

Tagesrationen:
Käfer: 2 Tropfen (2 × 50 Mikroliter)
Mensch: 2 Liter (2 × 1 000 000 Mikroliter)
1 Viertele (Brannt)Wein: 0,25 Liter, sprich 12,5 % der menschlichen Flüssigkeitsration.

Folgerung: Wer einem Zweipunkt ein Viertele kredenzen möchte, muss 12,5 Mikroliter Branntwein in ein traditionell-grünhenkeliges Miniaturglas träufeln. (»Miniaturglas!? Ne fuselabweisende Oberfläche tut's auch!«, so ein Knigge-Verächter.)

▷ AZURBLAU MIT FLECK

»Der Begriff ›Ultramarinkrankheit‹ wird ab 1865 im *Schluß-bericht der königlichen Comission zur Ueberwachung der Gemälde-Restauration* und in einigen Zeitschriftenartikeln verwendet (...) Petenkofer vermerkt, dass man früher ultramarinkranke Partien übermalt habe, da die Krankheit als ›*unheilbar*‹ galt.« (Jörg Klaas 2011, S. 46)

▷ SÜSSE WORTE

»Auch krank bist du noch schön«, versichert
- der Liebende dem Geliebten
- der Gierende dem Geschädigten.

▷ ERSCHRECKEN

»This sensitivity (...) might be the principal cause of the so-called *ultramarine-sickness*.« (Gettens/Stout 1966, S. 166)

▷ KLAGENDER BAUCH

»Versunkener Blaubeerkuchen: Zungefärbende Kügelchen in zimtzuckrigem Rührteig ...« (Vgl. DIE ELEGIEN DES STOMACHUS: Eine Interpretation von L. KRÄNZLER)

▷ HIMMELBLAU

1.

Nach einer baustellengespickten Stop-and-Go-Fahrt von 4,5 Stunden treffe ich einen Kulturmann (think: Doug Heffernan from King of Queens), der gerade dabei ist, für eine Festivität, die diesen Samstag in den Räumen des von ihm gegründeten und geleiteten Museums stattfinden wird, einen Heizpilz zusammenzubauen und, zumal der Heizungsbau alles andere als reibungslos verläuft, die Errichtung einer fungusförmigen Wärmequelle eine ärgerlich-knifflige Angelegenheit ist, im Grunde weder Kopf noch Zeit für mich hat ... Doch ich greife vor, sollte meine Finger zügeln, nicht einfach ins Geschehen grabschen wie guzlegeile Gören in Bonbonieren ... »Seid sittsam und fanget von vorne an!« Alsdann ...

1.1

Die Museumstür ist ein ehemaliges Scheunentor und hübsch cyanblau gestrichen. Machet auf das Tor, lasset ein den Tor: »Bitte klingeln« steht da. Nur wo? Die Schnur, an der ich ziehen muss, damit's rabimmel-rabammelt und einer das Tor entrammelt, entdecke ich erst nach einigem Suchen: Die Geflochtene hängt in einem schießschartenkleinen Torflügelfenster, rapunzelt jedoch nicht auf den Gehsteig hinaus, mithin meine schnurhaschende Rechte schon Museumsluft schnuppert, während meine Nase noch das geschlossene Tor vor sich hat. Wonach riecht das Cyanblaue? Keine Ahnung. Jedenfalls nicht *intensiv nach Kornblumen oder Lavendel* ...

Ich, die nicht-lavendelduft-betörte Törin-vor-dem-Tore, bin bepackt, trage meine Fünf-Liter-Handtasche und den großen maigrünen, bis 15 Kilo belastbaren Mehrwegplastikbeutel, in dem meine Fressalien für das kommende Wochenende durcheinanderpurzeln und eine (glücklicherweise so-gut-wie-leere) Süßstoffbuddel ausläuft, sich der anthrazitfarbene, mit *hochwertigen Künstlerfarben* bekleckste, last-minute dazugestopfte Schal, der, sollten sich die Erkältungssymptome, die mich seit vorgestern plagen, während des Autofahrens verstärken, meinen Hals schützend umschlingen wird, mit (un)gut-günstiger *Tafelsüße auf der Grundlage von Cyclamat, Saccharin und Taumatin* vollsaugt ...

1.1.1

Doug Heffernan öffnet: »Ah ... Sie sind die Dame aus Dresden ...« »Ja – Und ich habe zwei Probleme: erstens: Ich muss dringend auf's Klo; zweitens: Ich hab noch nichts gegessen – kann ich mir noch schnell was reinziehn, bevor wir loslegen? Proviant habe ich dabei!«, sage ich und tätschle meinen prallen *Permanent-Shopper*. Doug, der »sowieso grade Kaffee gekocht hat«, eigentlich aber »diesen Heizstrahler hier« zusammenfriemeln muss, ermuntert mich, meine Grundbedürfnisse zu befriedigen und sagt, ich solle die Herrentoilette nutzen.

Die Wand, auf die ich beim Urinieren blicke, ist mit gerahmten und ungerahmten, signierten und unsignierten Postern und Autogrammkarten von Sportlern behangen, deren augenfälligste Gemeinsamkeit darin besteht, dass die Trikots, in denen sie ballern, radeln, spurten oder skispringen, *von blauem Tuch* sind. Ich zücke mein Handy, fotografiere »Die weltbeste Zehnkampfmannschaft des USC-Mainz« und schicke das Bild meinem Vater, der als junger Mann der deutschen Zehnkampf-Elite angehörte und mit Ex-Weltrekordhalter Guido Kratschmer, dessen schwungvoll quergesetzter Servus die Autogrammkarte aufwertet, befreundet war.

Später (d. i. der Zeitpunkt, zu dem meine Proviantierung

zu Zweidritteln aufgezehrt ist) erscheint Doug im Hof, setzt sich der multitask-geplagte Kunstvermittler, dessen frickelmüde Schreibhand anstelle eines Schraubenziehers nun eine Kaffeetasse umklammert, in eine sonicblau lackierte, qua Zersägung zur Bank-für-Zwei umfunktionierte Badewanne.

Pflichtschuldig beginnen wir ein Gespräch; meinen, *da wir schon mal da sind*, unsere Routinen (Malerei, Schriftstellerei, Kunstvermittlerei, Heizpilzerei etc. pp.) unterbrochen haben und außerhalb der Öffnungszeiten im Patio abhängen, irgendetwas sagen zu müssen. Fragen und Antworten: wiesowarum, deshalbdarum …

1.2

Yves Klein signierte den Himmel wie Guido Kratschmer die Weltbeste-Zehnkampfmannschaft-Autogrammkarte. (Zwischen den beiden Signaturvorgängen liegen 35 Jahre; die Sphäre über Nizza wurde 1946, die Autogrammkarte 1981 bekritzelt.)

Hätte Doug, der in Heidelbeerenberg über die Farbe Blau promovierte und heute *einer der führenden Experten zu diesem Thema ist*, dem spektralkulären Phänomen, für das die Verfasser der Bibel bloß Metaphern wie »Saphir« und »Techelet«, nicht aber einen Begriff bzw. ein *abstraktes Farbwort* besaßen, im vollsten Sinne *sein Leben gewidmet hat*, nicht Lust, Yves' Servus durchzustreichen und seinen eigenen Vor- und Zunamen ins Saphirmament zu setzen?

»Nein«, so der Phänomenforscher ernst. »Ich diene dem Blau. Ich will es nicht vereinnahmen.«

Dougs Stimme trägt eine Trauerbinde. »Ist der Blues die für Cyanologen typische Lebenshaltung?«, lautet die unausgesprochene, »Wollen Sie mir die Räume zeigen?« die dezidiert-unternehmungslustig intonierte Frage der Dame aus Dresden.

1.3

The guided tour starts at 5:30 PM.

Meine Beklommenheit wächst mit jedem Schritt: blaues Glas und Meissener Porzellan, purpurgefärbte Stofffetzen und Bluejeans, Buddha und Marienstatuetten, Zazar-Amulette gegen »die Missetäter mit blauen Augen« (Koran, Sure 20, Vers 102), Schamanen und Karnevalsmasken (Ich geh' als Hakennasiger-Genie-aus-Disney's-Aladdin – Du?), botanische und zoologische Zeichnungen, ägyptische Nilpferd-Fayencen und Happy Hippo Sammelfiguren, ein Wiener Blauhasenfell und dutzende Schlümpfe von Schleich (neidisch fotografiere ich Schlumpfine-als-Zaubertrank-brauende-Hexe: Die hätt' ich als Kind auch gern gehabt!), eine Dose Kobaltsalz (»Kann man das essen?« »Nein! Bloß nicht! Ist giftig ... Töpfer benutzen es für Glasuren ...«), natürliches Ultramarin aus echtem Lapis Lazuli, synthetisches Ultramarin aus künstlichem Chemielabor, eine von der Dachschräge hängende Wolkenschaukel aus Bauschaum (Zeige mir den Kunststudenten, der nicht mal mit Bauschaum *experimentiert* hat, und ich zeige dir das Ding-an-sich!), auf der man die Beine baumeln lassen, hin und her schwingen, den himmelblauen, von salzsäulenstarren Schönwetterschäfchen bestandenen PVC-Boden (Gekauft bei

Honk-your-Horn-*if-you're-stoned*-bach? Hippie High High Hippie Hippie Yeah? Hmm ...) oder die Malereien an der Wand begucken kann – Doug hat jedes einzelne Exemplar im Alleingang organisiert, Erd- und Obergeschoss des ehemaligen Biedermeier-Bauernhauses hingebungsvoll mit Kunstschätzchen, Kultkleinodien, Krimskrams und Kitsch ausgestattet, die Räume, in denen dereinst Landwirt und Landwirtin hausten, die Landwirtskinder greinten, bis sie vom noch-rüstigen Landwirtsgroßvater a paar auf d' Gosch kriegten und der gockelhafte Großknecht regelmäßig die Mägde besprang, mit zeit- und vorzeitgenössischen Mitbringseln-aus-aller-Welt bestückt, deren Verwandte Geschwister Zwillinge Klone man auf bildungsbürgerlichen Bücherborden und Schreibtischen ebenso findet wie beim Antik-und-Trödelwarenhändler. (Nonprofitörichtes Streben: Kunst fängt da an, wo die Ökonomie aufhört.)

Erschlagen von Dougs geballter, finanziell erzuneinträglicher Liebesmüh lasse ich mich auf der Bauschaumwolke nieder: Ob mich der angegilbte Cumulus auch tragen würde, wenn ich mich nicht leicht machen und behutsam den Oberkörper wiegen, sondern übermütig schaukeln, die Beine auswerfen und Schwung einholen würde wie Fischers Fritz Forellen?

»Ich geh wieder runter ... Sie können sich gerne weiter umschauen«, sagt Doug. »Alles klar«, sage ich.

2.

Zeit vergeht.

Ich durchquere Räume, steige Treppen, spreche, schweige, öffne und schließe eine Tür, verrichte meine Notdurft, stille das Grundbedürfnis »Durst«, sage dieses, frage jenes, rufe selles, öffne und schließe ein Tor, nutze Gehsteige, Straßen, Autobahnen, überschreite die zulässige Höchstgeschwindigkeit innerhalb der geschlossenen Ortschaft Ulm, erreiche mein Elternhaus, höre Stimmen, die mir seit Fötustagen vertraut sind, Sätze sagen, die mich früher zur (ich)Weiß(esbesser)glut brachten, drehe nicht durch, brülle nicht herum, scherze und schulterzucke stattdessen, denke zum soundsovielten Mal, dass das Adjektiv »weise« ein Euphemismus für »alt und müde« ist, nachtmarschiere durch mein Heimatdorf, spüre meine *rezidivierenden Hordeola* (Chronische Hordeolosis: wiederkehrende Abszesse [»eitergelbe Gerstenkörner«] in beiden Augen), verfluche widerliche, Brennen, Juckreiz, Fremdkörper- und Wundheitsgefühle vereinende Schmerzen, rüge mich dafür, dass ich meine entzündeten Sehvorrichtungen heute weder eingecremt noch feuchtgetropft habe, nehme mir vor, dies morgen besonders sorgfältig zu tun UND DABEI NICHT ZU DENKEN, DASS ES NICHTS BRINGT, FÜR 'N ARSCH IST, ICH VERBRAUCHT UND REGENERATIONSUNFÄHIG BIN, laufe, bis die in Versalien wiedergegebenen Gedanken sich auflösen, mir andere Dinge auffallen einfallen zufallen, stecke den Schlüssel ins Elternhaustürschloss, bin wieder klein, weiß manchmal nicht, wo links und wo rechts ist, nutze die Gedächtnisstütze »zur Spinne hin drehen«, bedauere, dass dort, wo dereinst eine achtbeinige Dicke Fliegen jagte, kein Netz hängt, betrete das 1975 erbaute Haus, versuche, die Badezimmerschränke auf eine Weise zu schließen, die meine nebenan schlafende Mutter nicht aus dem Schlaf reißt, putze Zähne (»32 Hartgebilde, die ich liebe, achte und ehre!«), stelle mir den Buch-des-Lebens-Schreiber vor, sage »Für's Protokoll: Böte man mir die Chance, mich selbst aus einem einzigen Material neu zu erschaffen, würde ich Dentin wählen!«, schleiche die Holzstiegen zu meinem Jugendzimmer hinauf, denke »Unruhe. Ich begebe mich zur Unruhe ...«, lege mich in mein frischbezogenes Jugendbett und fühle mich schmutzig, bin das ungeduschte Schmuddelkind-meiner-Eltern, dessen müffelndes, mit einem augenzwinkernden Mickymauskopf bedrucktes Nachthemd ein Bad in 90 Grad heißer Seifenlauge nötig hätte und ... bin weg.

▷ GEZIEFER

Irgendwie bin ich durch die Nacht den Tag die Nacht den Tag die Nacht den Tag und wieder nach Dresden gekommen. Beim letzten Draufblick zeigte die Backofenuhr 22:27 Uhr. Ob seither 10, 12 oder 15 Minuten vergangen sind, kann ich nicht mit Sicherheit sagen. Zweifelsfrei fest steht indessen, dass ich an Kopf, Schultern, Rücken, Gesäß, Ober- und Unterschenkelrückseite sowie an beiden Fersen Kontakt zu meiner Leseliege, Partygarnelen im Magen, kugelschreiberspitzenlange Stränge verschreibungspflichtiger Salbe in den Bindhautsäcken und zwei schlumpfblaue, in mäßig heißem Wasser erhitzte Kompressen auf den Augen habe.

Würden Antibiotika Bakterien so effektiv zersetzen wie Magensaft Garnelen, wäre die Party, die die Biester in meinen Lidspalten feiern, bald vorbei … Zu resistenzbedingter Nichtwirksamkeit kontaktieren Sie Ihren Arzt oder Apotheker – Dem natürlich leid tut, dass Sie nicht lesen können bzw. versteht, dass das für Sie belastend ist, Ihnen gerne helfen würde, aber usw. usf.

Bakteriussuf: »Heut' gehen wa auf 'n Augenball!«
Bakterianna: »Schwofn bis es eitert? Au ja!!«

Was unterscheidet Bakterien und Pilze? Wenn ich mich recht erinnere, brauchen Letztere einen Wirt … Wirr…t…t = time. Place before partytime … Wo steigt die Fete? Nachts im Museum – wo den Besucher ultrablaue Rooms und wärmespeiende Shrooms erwarten … Ob die Veranstaltung, die Doug zum Heizpilzbau bewogen hat, ein Erfolg war, die drei 100 g-Packungen Haribo-Schlümpfe, die in der kleinen, ans Herrenklo grenzenden Küche lagen (Der Tag, an dem mir sowas nicht mehr auffällt, wird der sein, an dem sich die Bakterienmassen erheben und Lisa Kränzler ein für alle Mal in Kadaver Kränzler verwandeln!) von den Gästen *gut angenommen* und bis auf die letzte, nach Zitrone schmeckende Gummimütze aufgefuttert wurden? New Age Gargamel: Verspeist (unterm Heizpilz stehend) 7 × 7 Fruchtgummischlümpfe. Nachts darauf träumt er vom Lapislazulistein-der-Weisen, diktiert ihm ein Sukkubus *jene uralte Zauberformel, welche die Macht des Lapis entfesselt*, den halbedlen Brocken zum Powertool ummodelt, das Pilze in Platin und Bakterien in hochleistungsfähige Siliziumbatterien transsubstanziiert (und das alles ohne Fett, äh fossile Brennstoffe!) ... Verwandlung von Substanzen, Geschöpfen, Tatsachen: In einer Romantic-Indie-Moviemäßig gestalteten Welt hätten Doug und ich in der Museumsküche Swimmingpool-Cocktails gemixt (Die im Regal stehende Blue Curaçao-Flasche entdeckte Kränzler ebenso prompt wie die verschlumpften Süßigkeiten – et wär also möglich jewesn!) und in dem über den Innenhof erreichbaren, mit einer Musicbox ausgestatteten »Studio« zu Them-&-Van-Morrisons »It's all over now, Baby blue« Stehblues getanzt. In der bekackteriell-infizierten Welt-der-Tatsachen stand ich allein im Ex-Werkstattschuppen Nunc-Studiozimmer, verlagerte *die Dame aus Dresden* ihr Körpergewicht im Baby-blue(s)-Takt sachte von einem osteonekrotischen Fuß auf den anderen, wurde die außerhalb der Öffnungszeiten eingelassene Besucherin, indessen Einlasser Aufklärer Rumführer Doug vor der Museumskasse auf einer Treppenstufe saß und den 99-schraubigen Propanpilz verfluchte, kotzsentimental ...

Ich strecke meine Rechte aus, ertaste die laminierte Glätte des 555 Seiten starken qua schnörkellettrigem Etikett als Zur-Ansicht-Exemplar ausgewiesenen Blau-Lexikons, das Doug mir zum Abschied geschenkt hat. Tolle Geste, tolles Ding – in dem ich, wenn fucking Jahwe mir nicht die beschissenen Bakterien ins Auge gehetzt hätte, meine Sicht nicht seit Monaten eiter- oder paraffinverschmiert wäre (Spüren, wie die Körner aufplatzen und das Sekret austritt: Schmerz- und Widerlichkeitserfahrungsschatz wächst und wächst! Notiz: »Autogrammkarte: Schmerzerfahrungsschatzmeister K in furunkelgelbem Trikot: Die grimassenartige Grinse auf seinem Gesicht peinigt den Betrachter.«), jetzt lesen, blättern, schmökern, versinken würde ...

»Ich wollte nicht im Ozean der Farbe ertrinken, die Sache wissenschaftlich angehen, das Blau analysieren«, erklärte Doug.

»Naja, streng wissenschaftlich betrachtet gibt es keine Farben«, klugscheißerte Kränzler.

Der Zur-Ansicht-Aufkleber ist weniger glatt als der Einband und verfügt über ein aufmüpfig abstehendes Eselsohr, das meine Finger zum Ribbeln Rubbeln Zutzeln Ziehen animiert ... »Wenn du feste rubbelst und noch fester dran glaubst, wird Doug – angetan mit Walt-Disney's-Genie-Maske, umquollen von blauen Rauchwolken – aus dem Lexikon fahren, dir Gesellschaft leisten und, wenn er hört, dass du das grelle Cyan der Kompressen durch die geschlossenen Lider hindurch sehen kannst, wissenschaftlich korrekt darlegen, warum das so ist!«

Hauptbestandteil der *ungiftigen Gelfüllung mit Lebensmittelfarbe* ist Propylenglykol – eine Flüssigkeit, die in der Industrie als Feuchthalte- oder Lösemittel dient ...

Wasserlöslich und *biologisch abbaubar?* Das waren die Farben des *Naturfarbmalkastens für Kinder*, den Doug dereinst entwickelt hat, auch.

1,2-Propylenglycol ist in der EU als Lebensmittelzusatzstoff zugelassen und trägt die Bezeichnung E 1520.

Dougs Malkasten enthielt 12 Pflanzenmalfarben und trug den Namen »Fabio«. Dafür, dass (un)begabte Kinder heute nicht mehr mit wildem Safran, Gardenia, Paprika, Roter Beete, Holunder, Blaukraut, Japanischer Blaualge, Blattgrün, Brennnessel, Färberdistel, Karamell und Pflanzenkohle herumklecksen, ihr Malmaterial genauso wenig in den Mund nehmen dürfen wie Schimpfwörter, sind, wenn ich Dougs Andeutungen richtig gedeutet habe, geldgeile Fieslinge verantwortlich.

Habsucht/Aviditas ist in der EU als Lebensvergäller zugelassen und trägt die Bezeichnung Turbokapitalismus.

Scheiße. Richtig scheiße …

»Demjenigen, der es schafft, den Zur-Ansicht-Sticker in einem Stück abzuziehen, gewährt der lexikalische Djinn 487–492 Wünsche!« (Die Frage nach dem Grund der unkonventionellen Wunschanzahl lässt sich mithilfe eines handelsüblichen Spektrometers schnell und eindeutig klären.)

Was ich mir *für mich* wünsche, scheint mir allenfalls verdrängens-, nicht aber bedenkens- oder beschreibenswert. (Davon, dass man ohnehin keine Ahnung hat, was »das Beste« für einen ist; jeder Segen ein potentieller Fluch und jeder Fluch ein potentieller Segen ist, ganz zu schweigen …) Was ich im Zusammenhang mit Obengesagtem bzw. -beklagtem wünschenswert fände, wäre eine Neuauflage des Naturfarbmalkastens inklusive Esspapierblock:

»Der Kindergeburtstags-Renner: Zum kreieren und knuspern! Wir malen ein Lebkuchenhaus und vernaschen es, kopieren Cezannes Äpfel und beißen sie an!«, schlug ich Doug vor, der auf der gekachelten Treppe saß und – lachte? Nun, nicht direkt, doch schien er die Idee nicht allzu schlecht zu finden ...

Die Kompresse wärmt nicht mehr.

Die Kacheln waren blau-weiß-ornamentiert.

Ich lege meine Augen frei, lasse die erkalteten Gelsäcke neben die Leseliege plotzen.

»Es gibt kein warmes Blau«, habe ich zu Doug gesagt. Wissenschaftler, der er ist, konnte er diese auf subjektivem Empfinden basierende Proposition, nicht leichtherzig abnicken.

It's all over now –

Zum Abschied gab's n corona-kühlen Ellbogencheck.

Baby Blue.

▷ GELD

»Der Ton hört gern, wie viel einer gewonnen hat, aber noch lieber, wie viel einer verloren hat, und am liebsten, wie viel einer dadurch verloren hat, dass er nicht gewonnen hat«, so Karl Kraus. »Das mag für den Wiener Ton gelten, der schwäbische hört Ersteres ebenso ungern wie Zweiteres und Dritteres, kann weder Gewinner noch Verlierer leiden«, so ich. Karl, erstaunt und interessiert, möchte wissen, wie man des Schwaben Wohlgefallen erregt. »Willst du die Gunst eines Württembergers erlangen, schwätz vom schaffa, it vom scheffla«, (landesver)rate ich.

▷ VERDÄCHTIG

I.

DIE IDEE SITZT GLEICHSAM ALS BRILLE AUF UNSERER NASE.
    Die Idee ist das Exkrement des Sehens,
UND WAS WIR SEHEN.
    ist das Endprodukt der Reizdigestion.
SEHEN WIR DURCH SIE.
    (Menschen fressen mit den Augen und scheißen durch den Mund.)
WIR KOMMEN GAR NICHT AUF DEN GEDANKEN,
    sondern der Gedanke kommt uns (Angst und Eitelkeit erlauben »mir träumte«, nicht aber »mir dachte«),
SIE ABZUNEHMEN.
    Beschmutzt man sich, wenn man im Stillen denkt? Ist Sprechen nötig, um nicht im Facts-and-Follies-Fäzes zu ersticken? Die an Eremiten zu beobachtende sukzessive Zunahme lautgeführter Selbstgespräche (im ersten Klausurmonat: gelegentlich; im zweiten: häufig, im dritten: sehr häufig usf.) könnte ein Indiz dafür sein.

1.1

DIE IDEEngeber ballen sich in unseren Augenhöhlen
UND WAS WIR SEHEN, SEHEN WIR DURCH SIE – Die verdammten Trickbetrüger!

WIR beKOMMEN GAR NICHT das zu sehen, was da ist, müssen uns mit der phänomenalen Ausscheidung unseres Denkdarms, dem Haufen, den unser Hirn in die Schädelschüssel setzt, begnügen.
AUF DEN GEDANKEN, SIE – Ausreißen! Wenn dein Auge dich ärgert, reiß es aus und wirf es weg!
AB in die Gosse!
ZUr Hölle mit ihm! Soll der Teufel das Gallertöse
NEHMEN, damit Titten und Verkehrsunfälle begaffen!

1.2

Leben ohne BRILLE: eine unverwirklichbare IDEE.

Wir können die Brille nicht abnehmen, sie allenfalls gegen ein anderes Modell eintauschen – Auswahl gibt's weiß Gott genug! (»Welches Sch(w)einderl hätten's denn gern? Das Schärfere? Verschwommenere? Dieses hier hat einen Lupeneffekt ... Wie? Die Rosa-getönte? Ja, die ist sehr angenehm zu tragen; die Blues-blaue dagegen ... naja ... «)

1.2.1

»Jetzt sehe ich klar!« bedeutet, dass das neue Modell besser taugt bzw. den Freiheitsgrad des Sehers effektiv erhöht.

1.2.2

Dass (mir) »alles klar« ist, bedeutet nicht, dass »alles wahr« ist.

1.2.3

Ob jener Moment, in dem ich weder Brille A noch Brille B trage, *gerade dabei bin,* von Idee A zu Idee B überzuwechseln, sich der transitive Akt vollzieht, währenddessen ich nicht *blind,* aber auch nicht im zweckdienlichen Sinne *sehend* bin, das Individuum K (≠ Subjekt K!) dem Kettennetz des Gewussten eine Nicht-Idee lang entschlüpft, der *allesentscheidende* ist?

Was geht da *in mir, mit mir, durch mich, gegen mich* vor, und welche Rolle spielen *Du, Er, Sie und Es,* das dubiose *Wir* und das böse *Ihr* dabei?

1.2.4

Das Modell WITTGENSTEIN mag noch so scharf sein: Der GEDANKE, Sprachphilosophie böte mehr als IDEEN, kommt mir nicht.

▷ BESTÄTIGT

Sind nicht die auffällig starkfarbigen Sechsbeiner die gefährlichsten? Verspritzen sie nicht Gifte, nach deren Einnahme Frauen fehlgebären und Männer sich wie toll gebärden? Haben nicht Berni, Sepp und Guschtl (aka 'em Franz seine Buba) neulich zahlreiche Käferarten, welche sich in ihrer Farbgebung deutlich unterschieden (das Spektrum reichte von unscheinbar-hellbraun bis flammend-rot!), eingesammelt und die Giftigkeitsgrade der Arten dadurch bestimmt, dass sie einzelnen Exemplaren Körperflüssigkeiten abpressten und das Erpresste anschließend in Wassergläser, welche jeweils mit 10 Wasserflöhen bestückt waren, träufelten? (Wässern, bestücken, pressen, träufeln: Tätigkeiten, über denen sie die Pilze vergaßen. Vergessen von Pilzen: ein Versäumnis, das hungrige Angehörige sehr erzürnt.) Wurde nicht sorgfältig protokolliert, welcher Körpersaft die meisten Flöhe killt und festgestellt, dass Farbpracht und Tödlichkeit eindeutig korrelieren, besonders intensiv gefärbte Krabbeltiere besonders letal wirkende Sekrete produzieren? Haben die forschlustigen Brüder nicht Kieselsteine aufgeklaubt, beim Malermeister Palettenreste erbettelt, ein gutes Dutzend Käfer-Attrappen angefertigt (Kerf-Attrappe aus handbemaltem Schotter, undatiert. Preis auf Anfrage.) und in die Vorgärten diverser Vogelhäuser gesetzt? Sind nicht die gellend-bunten Dummies am seltensten angepickt worden, wobei die getäuschten oder allzu-neugierigen, depperten oder dolldreisten Picker sich schmerzhafte Schnabelprellungen zuzogen?

Doch!

▷ WEITERE FLECKEN

Verhältnismäßig schnelles Abkreiden von Ultramarinfarben im Außenbereich.

»Hervorgerufen wird dieser Vorgang durch die Hydrophilität des Ultramarins und durch die geringe Bindekraft, die die Oberfläche des Pigments als Komplexsilikat zu organischen Stoffen hat. Die stets vorhandene Feuchtigkeit der Außenluft dringt durch den Film und bewirkt die Lösung der Bindung des Pigments zum Bindemittel, eine Quellung des Farbkörpers führt zum Aufbruch der schützenden Lackhaut und immer gegenwärtige saure Abgase (...) können eine weitere Zersetzung des Ultramarins bewirken.« (Hans Kittel)

Finale Diagnose?

»Dieser Schaden ist nicht reparabel.« (Ingo Sander)

▷ VEILCHENFARBENER UMHANG

I.

Blauer Purpur: Die Hypobronchialdrüse der braun-weiß gestreiften Stachelschnecke (Hexaplex trunculus) produziert ein indigoides Sekret: Ob die im gelblich-weißen Hexaploppplopp enthaltenen Chromagene sich in Rot, Violett oder Blau umwandeln, hängt u. a. davon ab, wie lange sie belichtet werden: PLINIUS beschreibt, dass man Tücher, die blau werden sollten, nach dem Färben ins Dunkle hing.

1.1

Das braun-weiß gestreifte Stachelschneckengehäuse ... *Nicht an Mamas zimtbraune Schneckennudeln denken! Das Sekret der Molluske ist so weiß wie Zitronenguß! Schnegganudla mit Zitronaguß!* Der Farbstoff, der sich aus der Absonderung gewinnen lässt, so blau wie *der Kindheitsblues, den mir die begossenen Teigspiralen bescheren ... Durchtränkte Textilien, erinnerungstrunkene Texterin: reizempfindliche Stofflichkeiten, die weniger im Dunkeln abhängen sollten?*

▷ TEUFEL

In der rechten vorderen Bildecke eines gewissen vor apotropäischen Kräuterkräften strotzenden Gärtleins (»Little Apotropical Garden«? »Frankfurter Apotroparadieschen«?) liegt eine tote Echse rücklings im Immergrün. (Freunde der Aufbauscherei bezeichnen das rauhaardackelformatige, vom heiligen Georg im dritten Jahrhundert nach Christus erschlagene Reptil, dessen stark geblähter Bauch von postmortalen Gärungsprozessen im Verdauungstrakt erzählt, übrigens als »Drachen« ...) Heilpflanzenkundler Apuleius berichtet,

Immergrün (bot. Vinca minor) sei bei der Behandlung der Teufelskrankheit und dämonischer Besessenheit von Nutzen gewesen.

▷ SCHARLACHROT

1.

Eine Gruppe von Wissenschaftlern der darniederliegendländischen Universität Leben-ist-Leiden hat herausgefunden, weshalb Paradieskäfer, die in solarenergetisch erhitztem Burschenblut baden, die Farbe wechseln.

(»Die Frage, warum das im paranormal-transzendentalen Zustand meist tiefblaue, in besonderen Fällen ein oder zwei schwarze Punkte aufweisende Chitinkleid des Coleoptera Mariae beim Kochen einen knalligen Rotton annimmt, hat mich schon als Kind beschäftigt«, so die Forschungsteamleiterin.)

Wie sich herausstellte, sind die roten Farbpigmente vor der Erwärmung – genauer: im passionslosen, von lauen Frühlingslüftchen gekühlten Jenseits – paarweise in »Proteinkäfigen« gefangen (...)

(Beim Stichwort »paarweise« springt ein Kreationist auf und ruft: »Von allen reinen Tieren nimm zu dir je sieben, das Männchen und sein Weibchen, von den unreinen Tieren und Farbstoffen aber je ein Paar, das Neutrumchen und sein Eschen!«)

Dabei überlagern und hemmen die colorkräftigen Kleinstteilchen (aka Proteinkäfighäftlinge) einander derart geschickt, dass sich ihr Absorptionsspektrum verschiebt und sie beinahe alles sichtbare Licht aufnehmen, mithin der Paradieskäfer tiefblau-und-schwarz-gepunktet erscheint. (Vorteil: Uniblaue Exemplare sind perfekt getarnt, werden beim Aufschauen zum wolkenlosen Himmel nicht entdeckt.)

Den quantenmechanischen Effekt, welcher das Absorptionsvermögen der Pigmente steigert und im legendären Coleoptera-Camouflage-Look gipfelt, konnten die pädagogisch-ungeschulten Leben-ist-Leidener dem Journalisten, der sie im Auftrag einer stabilitas-loci-praktizierenden Autörin interviewte, leider nicht begreiflich machen. (Seufzen und Kopfschütteln Sie jetzt!) Was der Beauftragte zu verstehen und tradieren vermochte, ist, dass die erwähnten »Proteinkäfige« im Zuge des Kochvorgangs »auseinanderfallen«, literarischer gesagt also zig eigeweißelte Mikrokerker einstürzen wie jenes Gefängnis, *in welchem, im Augenblicke der großen Erderschütterung vom Jahre 1647, ein junger, auf Verbrechen angeklagter Spanier namens Jeronimo Rugera an einem Pfeiler stand,* item die roten Pigment-Pärchen, die, im Gegensatz zu *Jeronimo*, nicht *die Absicht hegen, sich zu erhenken,* freikommen.

1.1 / Dialögchen for the funnies (I)

»Excuse me, I'm looking for a pair of blood-red pigments ...«
»Sorry Ma'am, but they're all locked up at the moment.«

1.2

Astaxanthin und Astaxanthina: schrilles Duo vom Stamm der Karotinoiden, dessen grelle Einfärbearbeiten seit jeher Aufsehen erregen: Tomaten, Möhren, Paprika; Hummer, Lachs, Garnelen; das Gelbe vom Ei und die Gefieder derer, die dereinst eigelb waren; Maiskörner, Muschelschalen, Schneckenhäuser – den Färbern war und ist nichts Biologisches fremd! (Für Heraldiker: Das Wappen der Kartinoiden ziert die Sentenz »Was nicht knallt, wird knallig gemacht!«)

1.3

Proteinkäfighaltung von Karotinoiden? Ethisch unverantwortbar! Hortusconclusushaltung von Käfern dito.

1.3.1

Schweineblutrote Kreucher-und-Fleucher fühlen sich in astralweißen Kobern unwohl, brauchen Schatten, in denen sie sich suhlen können.

1.3.2 / real dim shady

Ks umfangreicher, im NIMME-GANZ-MarBACHEr-Archiv eingelagerter Typoskript-Nachlass enthält u. a. die (wahrscheinlich) erste »Mariens Käfer«-Fassung. Eine in der Endfassung des Textes nicht enthaltene, auf Seite 3 des Seven-Pager-Skripts gegebene Beschreibung des Protagonisten und ein deutlich später datierter, zwei Zettel starker Kommentar derselben, wurde von findigen Interpreten als *belangvoll* eingestuft und seien daher hier angeführt: »Im Schatten einer Lilie sitzend, dachte er wehmütig an die Abenteuer, die er auf Erden erlebt (...) und sehnte sich nach Luzius, an dessen Seite er größte Angst und größtes Glück empfunden hatte.« (MK, Seite 3, Z. 20 ff.)

Kommentar

Zettel 1

Kritiker: »Dieser Text strotzt nur so vor Widersprüchen! Ein Schatten im Paradies? Woher soll der denn kommen!? Schatten entstehen, wenn opake Materie die geradlinige Ausbreitung des Lichts verhindert, Teilchen, Substanzen, Dinge, Wesen, Objekte, Subjekte, Jeckjekte einer energiereichen, straight forward in alle Richtungen strebenden Strahlung die Bahn versperren, hundsprofane Stofflichkeiten dem metaphorischen Äquivalent unseres Herrn Jesus Christus in die Quere kommen, photophile Entitäten den Weg des völkerübergreifend verehrten Phänomens (un)willentlich kreuzen, suizidaler gesagt: Die Zahl der zum Dasein verdammten Körper, die sich tagtäglich in elektromagnetische Ströme stürzen, ist Legion – doch ich schweife ab. Der Punkt – der, zumal gläubige wie ungläubige Logiker zu ihm gelangen, das Prädikat ›unstrittig‹ tragen darf –, ist dieser: Was ins Reich Gottes eingeht, besitzt keinen Körper mehr, ist durch und durch transzendent, ergo vollkommen transluzent, ergo kein Hindernis für die heilweißen Wellen, die dem Quellgrund der Weisheit entspringen, und alles, was der Niet-, Nagel- und Charakterfestigkeit fordernden Fucktizität entronnenen bzw. ENDLICH EINGEGANGEN IST, mit Ruhe-und-Frieden-stiftender Liebe flutet.« (Schweigt, denkt, nuschelt: »Welle-Teilchen-Dualität ...«, dann:) »Aufgrund des göttlichen Weisheit-Liebe-Dualismus, empfangen die, die zu empfangen verstehen, in manchen Fällen Weisheit, in anderen Fällen Liebe ...«

Frage aus dem imaginären Publikum: »Ist Gottes Weisheit Liebe?«

Kritiker: »Woher soll ich das wissen? Sicher ist, dass es der Liebe bedarf, damit die Weisheit nicht zum Teufel geht ...«

Zettel 2

Reaktion eines Kritikers des Kritikers: »Natürlich hat die Paradieslilie kein lichtloses Abbild – die Dunkelzone, die der Käfer für so wahr nimmt, dass er tatsächlich in ihr zu sitzen glaubt, ist der Schatten seines Denkens!«

Gedanken einer Kritiker-Kritik-Leserin: »*Schatten des Denkens* ... Schätze, er meint damit, dass wir sehen, was wir erwarten ... Gibt beunruhigende Beispiele dafür ... (Eines von vielen:) Mann kommt nach Hause und sieht seine kürzlich verstorbene Frau in der Küche sitzen – warum? Weil sein System darauf programmiert ist, dass sie da ist, das Muster Heimkommen-Küche-Frau mächtiger ist als die vorhandene Gegenwart ... Allerdings hat der Beispiel-Mann die Beispiel-Frau 25 Jahre lang um soundso viel Uhr in der Beispiel-Küche angetroffen ... Die Erfahrungserkenntnis des Käfers, dass Dinge Schatten werfen können, hingegen ist brandneu. Von der Tatsache, dass er sich bei seinem Abstecher auf die Erde nicht in libanesischen Lilienfeldern sondern am Ufer eines Flusses (Obere Argen?), der Werkstatt eines Malers (schwäbischer Sassoferrato?) und einer schäbigen Schenke (Fidelis-Stüble?) herumgetrieben hat, folglich gar nicht wissen kann, ob Lilien zu den Schattenwerfern zählen oder die betörend-duftende Ausnahme (die die allgemeingültige Schattenwurfregel bestätigt) darstellen, ganz zu schweigen ...«

Singsang einer verketzerten, mit obigen Aussagen vertrauten Koloristin: »Ich will nicht ins Pa-ra-dies / wenn das Licht dort nicht ge-fächert ist ... (Sie unterbricht sich, flüchelt:) Potz 90er-Jahre-Pop & Plastik-Fantastik-Geschmeide!«

Mit schwarzem Rollerball-Pen auf krumpeligem Netto-Kassenzettel ausgeführte Notiz der Singsängerin: »1996: Am Stinkefinger einer ekstatisch tanzenden Schülerdisko-Besucherin prangt ein bombastischer, Alpen-Aurikel-violetter Acrylring. Sie bedarf weder der Religion noch anderer Opiate.«

Lisa Kränzler
COMING OF KARLO
Roman

624 Seiten
Hardcover
29 €

ISBN: 978-3-95732-370-5

Der siebzehnjährige Karlo findet heraus, dass sein Vater nicht sein Vater ist. Zudem plagt ihn eine Fußballverletzung, obwohl sie verheilt sein soll. Dann lernt Karlo Gwen kennen. Sie ist direkt, stark, faszinierend – er verliebt sich in sie und sie sich in ihn. Er ist unbeschreiblich glücklich. Doch hat sie auch was mit einem anderen? Karlo ist verzweifelt, Karlo ist vor Eifersucht rasend, Karlo zieht sich in den Wald zurück. Schließlich kommt es zu einer Konfrontation, die in einer Katastrophe endet …

Lisa Kränzler ist ein Roman gelungen, der mit allen Mitteln der Sprache die Geschichte verletzter Menschen in einer kaputten Welt erzählt, in der toxische Männlichkeit wie ein wildes Tier lauert und einen Charakter befällt.

Lisa Kränzler

NOON

400 Seiten
Broschur
24 €

ISBN 978-3-95732-515-0

»Noon« dokumentiert das Überschreiten der Zweifelsgrenze, es begibt sich in den Abgrund der Sprache. Die Malerin und Autorin Lisa Kränzler hat nach Abschluss des Manuskripts ihres großen Romans »Coming of Karlo« – sie arbeitete bis zur Erschöpfung – ihre Beziehung aufgegeben und auch ihren bisherigen Lebensmittelpunkt. In »Noon« beschreibt sie, wie sie aus der Krise herausfindet: indem sie diese durchdringt.

»Noon« ist autobiografischer Roman, Tagebuch und Sudelheft, die Autorin kombiniert darin Geschichten, Notate und Reflexionen. Zugleich ist der Text streng konzipiert, ist geprägt vom Ringen um Genauigkeit und Struktur. Das Buch beeindruckt, wie stets bei Kränzler, durch radikale Subjektivität und ebenso bildreiche wie genaue Sprache.

VERBRECHER VERLAG

Gneisenaustraße 2a – 10961 Berlin – info@verbrecherei.de – www.verbrecherei.de

Lisa Kränzler
NACHHINEIN
Roman

272 Seiten
Hardcover
22 €

ISBN 978-3-943167-16-0

Der Roman »Nachhinein« erzählt von der Entwicklung zweier Mädchen und ihrer schwierigen Freundschaft. Zwischen beiden gibt es einen wesentlichen Unterschied: Die eine wächst gut behütet auf und wird geliebt, darf sogar rebellisch sein, die andere hingegen kommt aus schwierigen sozialen Verhältnissen, wird angegriffen und in ihrer Familie missbraucht. Bald verändert dies auch die Beziehung der Mädchen zueinander, die von kindlicher Liebe, bald auch von Eifersucht und erwachender Sexualität, von Machtspielen und Grausamkeit geprägt wird. Bis die Ereignisse außer Kontrolle geraten ...

Lisa Kränzler gewann beim Ingeborg Bachmann-Wettbewerb 2012 den 3sat-Preis für einen Ausschnitt aus »Nachhinein«. Mit diesem Roman wurde sie zudem 2013 für den Preis der Leipziger Buchmesse nominiert und erhielt das Märkische Stipendium für Literatur 2014 und den Reinhold-Schneider-Förderpreis der Stadt Freiburg.

Sie erzählt so akribisch, als führe sie mit der Lupe einen Filmstreifen ab – und schafft dadurch Sätze zum Einrahmen. Dass die betörenden Sprachbilder mit einem oft grausamen Stoff kollidieren: ein Glücksgriff.
Kaspar Heinrich / KulturSPIEGEL

VERBRECHER VERLAG

Gneisenaustraße 2a - 10961 Berlin - info@verbrecherei.de - www.verbrecherei.de